LEITE EM PÓ

MARINA FILIZOLA

CRÔNICAS DE UM VÍCIO

Planeta

Revisão: Paula Nogueira e Malu Poleti
Diagramação: Triall Editorial
Capa: Mateus Valadares

CIP-BRASIL. CATALOGAÇÃO NA PUBLICAÇÃO
SINDICATO NACIONAL DOS EDITORES DE LIVROS, RJ

F519l
Filizola, Marina
Leite em pó / Marina Filizola. – 1. ed. – São Paulo: Planeta, 2016.

ISBN 978-85-422-0684-5
1. Crônica brasileira. I. Título.

16-29982 CDD: 869.93
CDU: 821.134.3(81)-3

2016
Todos os direitos desta edição reservados à
EDITORA PLANETA DO BRASIL LTDA.
Rua Padre João Manoel, 100 – 21º andar
Ed. Horsa II – Cerqueira César
01411-000 – São Paulo-SP
www.planetadelivros.com.br
atendimento@editoraplaneta.com.br

"O percurso de um conto é exatamente como o percurso da vida: eu não sei o que eu vou encontrar, se um pente ou um cadáver. É como pular no abismo. E, para pular de um abismo, eu não preciso de muitos artifícios ou justificativas. Eu apenas pulo"

Marcelino Freire

192

Me disseram que aqui eu podia falar a verdade.

Minha funilaria está recauchutada.

Peça original, sobrou nenhuma.

Queimei a largada.

Depois de noventa dias encarcerada numa clínica de reabilitação safada, que cheirava a cinzeiro molhado – em algum lugar que eu não tinha ideia de onde era, porque cheguei atada-dopada-desmaiada na ambulância-cárcere do aterrorizante Samu –, com o objetivo humilde de me reinserir na sociedade com o mínimo de dignidade, cheguei às ruas sedutoras da asséptica de consciência da cidade grande. Sangue e corpo limpos, e o fígado totalmente sobrecarregado pela dose diária de sossega-o-faixo, motivo de muita discórdia, porque eu, toda noite, escondia a pílula debaixo da língua na esperança de enganar o capataz-dos-ansiolíticos e acumular quantidade suficiente que me fizesse dormir uma semana inteira e esquecer que eu estava ali. Soninho da beleza. Mas o enfermeiro, que sabia das coisas, que sabia dos truques, que conhecia minha raça, mandava eu levantar a língua, o lábio e a mandíbula, num check-up extrassevero, megameticuloso, hiperdetalhista, sem me dar chance de manipular a situação. Nem acender meu companheiro inseparável cigarro eu podia, diziam que, na nossa mão, isqueiro era arma branca. Onde já se viu! Isqueiros só no bolso dos enfermeiros malignos, que, eu nem preciso dizer, eram uma corja de cretinos que viviam se gabando da nossa completa falta de autonomia. Até os tênis ficavam sem cadarço porque, segundo as pesquisas baseadas em gente que vive trancafiada como eu, feita por psiquiatras psicóticos de quadro patológico questionável, nossa mente, que era desocupada e confusa em tempo integral, ficava fértil misteriosamente para mirabolar cagadas homéricas. E era bem nesse insight milagroso que os laços inocentes, que amarravam nossos pisantes, podiam virar tenebrosas cordas de estrangulamento em dois tempos. De acordo com o raciocínio lógico dos leões de chácara, que ficavam na porta dos quartos pra evitar tumulto entre os internos, eu tinha uma porcentagem irrisória, quase microscópica de chance de ter uma vida decente com mais alguns anos de escangalho, caso eu fosse obediente e entendesse rápido a linha tênue que existe entre o que eu quero fazer – putaria, pinga e mentiras –, e o que eu devo fazer – ser careta, ter rotina e vergonha na cara.

Difícil de acreditar que, no meu terceiro princípio de overdose, o que certificou em absoluto minha inabilidade inquestionável de morrer, minha segunda internação não voluntária na base de pontapé, tapa na cabeça e camisa de força, e de ver minha vida se desintegrando, eu ainda não tenha me dado conta de que preciso agarrar com força as rédeas da vida e domar essas estatísticas de merda, tomando alguma atitude efetiva que tire meu corpo fino da porcentagem gorda de dependentes químicos sem nenhuma probabilidade de conseguir se reintegrar decentemente em porcaria de lugar nenhum.

Quando eu entrei nessa sala, nessa seita, nesse cubículo abafado cheio de bactérias, toda-anônima, toda-sequelada, nem fiquei surpresa ao saber que não tinha mensalidade, contribuição, nem dízimo pra garantir meu direito de não cair diretamente nos braços do demo, que devia, fazendo um cálculo rápido, estar me esperando ansioso, já que nossa amizade era de longa data. Na verdade-verdadeira, a gente se esbarrou várias vezes mas nunca sentou para trocar um papo-reto, colocar as fofocas em dia e lavar uns trapos sujos.

Eu sei o preço que paguei pra trocar a cadeira boêmia, aconchegante e cheia de farpas do bar pelo encosto de plástico xexelento do divã terapêutico de ângulo desconfortável desse lugar, que, na minha opinião, é um aglomerado de cérebros derretidos. E pelo que me disse o terapeuta, o psiquiatra e a pedagoga da escola do meu sobrinho – que ficou embasbacada no dia em que eu apareci grogue pra levar o menino pra casa – são exatamente iguais ao meu. Foi caro o saldo, e nem dá pra pagar em dez parcelas de será-que-dá-pra-voltar-no-tempo, carregadas de arrependimento.

Olhando assim, ninguém imagina o tamanho da calamidade, a profundidade do desfalque, a largura da dificuldade que é olhar pra cara afetada de vocês, que estão me encarando com esse olhar debochado de conta-outra-que-já-escutei-essa, e ter que me sentir em casa porque na porcaria do mundo todo esse é o único lugar em que me sinto parcialmente segura, pra admitir uma quantidade volumosa de escorregadas, deslizes e desvios, sem ser julgada e ser minimamente respeitada, mesmo que seja pela escória da sociedade.

Tá brincando? O mais bonzinho aqui roubou a mãe. É a maior concentração de placa-colada por metro quadrado que eu já vi.

Eu saio daqui todo dia cheia de tique, de toque, de treco, mancomunando planos mirabólicos da minha solitária guerrinha particular contra o mundo, na tentativa frustrada de justificar pro meu ego atropelado-desfalcado e bastante danificado que existe um complô contra mim, que eu não posso vacilar senão me enjaulam de novo, que tem informantes infiltrados em todo lugar esperando eu dar uma brecha qualquer, pra esse sistema de merda apontar o dedo torto na minha cara lisa, e jogar sem dó a dose simbólica de confiança, que eu resgatei nos últimos meses a duras penas, na boca do lixo.

E toda vez que passa qualquer sirene de ambulância por mim ainda me sinto no direito de ter ataques epilépticos, toda paranoica e cheia de arritmia, com a veia da testa saltada. Acabo de joelhos, me rastejando e andando de gatinho atrás do ponto de ônibus, achando que é o delicado trailer do Samu vindo me resgatar com seus trogloditas amestrados. Essa mania de perseguição não me deixava em paz desde a última crise se-eu-não-durmo-ninguém-dorme e que, me disse meu médico, honesto, informado e eficiente demais pra minha autoestima, com as sobrancelhas franzidas e despenteadas, típicas de gente que tem diploma, era uma brincadeira que estava a um passo de virar uma esquizofrenia aguda irreversível, daquele tipo que a pessoa fica encolhida atrás da porta do quarto, babando na gola da camisa – e aí, sim, eu ia ver o que era passar o resto dos dias na psiquiatria de um hospital bem bizarro, vestindo Crocs, fralda, babador e me alimentando com sonda. Pelo que eu entendi, apesar de toda confusão, de toda lama, de todo enredo que eu já considero um fardo rechonchudo demais pra carregar, eu saí no lucro. A coisa por pouco não desandou de vez.

É patético esse defeito de fábrica que eu tenho. Essa intolerância intragável e não administrativa a qualquer alterador vagabundo de humor – mescalina, anfetamina, heroína, ketamina, xilazina e o que há de melhor entre anestésicos de cavalo, tarjas pretas de qualquer espécie, formato e dosagem, cola, benzina, lança-perfume, tudo mesclado goela abaixo, ritalina pra concentrar a cabeça avoada e a maravilhosa morfina. Fora os lícitos, que são, disparados, os mais tenebrosos: a bomba atômica chamada relacionamento e tudo o que vem junto no pacote – brigas, ciúmes, rotina, monotonia –, a falta de etiqueta de mergulhar sem pudor em filmes pornográficos de quinta categoria e fazer sexo barato com travestis de barba mal feita, a tão usada, tão calórica, tão disfarçada compulsão por comida e a válvula de escape mais cara de todas, o consumo desembestado, desenfreado e quase sempre parcelado.

É o DNA podre dessa genética desgranhenta. Eu fico salivando inveja, quando reparo no cotidiano assertivo dessas pessoas normais que sabem brincar de perder o chão, que usam telefone celular pra se comunicar e não pra negociar com traficantes – lembro do meu, ficou confiscado lá no Morro do Querosene por conta de uma dívida sigilosa com gente que não brinca em serviço quando cobra pendência atrasada. Esse tipo sortudo que vem com o botão "moderado" incluído na maquinaria, que consegue brindar um fim de tarde casual com champanhe entre amigos e depois vai pra casa jantar e dormir – meu Deus, onde já se viu! – e não fica dois dias virado no Jiraiya que nem eu, com a mesma taça de espumante do jantar, a tiracolo transbordando conhaque ralé, sem dormir, sem comer, sem sentir e sem noção nenhuma de perigo. E até nos namorados que se entendem sem sair na mão, sem tumultuar, sem se estapear eu reparo. Fico impressionada. Como pode, tudo tão estável, tão tranquilo, tão sem graça? Como conseguem viver uma vidinha tão previsível desse jeito? Juro.

Meus pensamentos vêm em cachos, num ritmo de metralhadora israelita, oscilam entre ruins, horríveis e desprezíveis, e, no meio do intervalo de um mau agouro e uma lembrança desagradável, pipocam, milagrosamente, três a quatro segundos de otimismo esperançoso, quase mágico, e me dão um flash de bem-estar. E é exatamente essa fração simbólica de luz, que entra nem-sei-como no meu coração ateu, que me faz continuar voltando aqui todo dia e acreditando que eu sou um enigma possível. Que nem tudo está perdido. Porque de onde sai um flash podem brotar holofotes.

Toda noite, tropeço em dois botecos sujos e numa sinuca do mal que fica piscando pra mim uma luz néon cor vermelho-consumo, instigando minha índole fraca de boa moça que nunca existiu, de colombiana mal sucedida, de rata de laboratório de metanfetamina, e eu fico estrebuchando, suando o bigode e a palma da mão por causa da abstinência maldita que vai ser cúmplice do assassinato da minha adolescência pra sempre.

E nem adianta mudar o caminho, eu já rabisquei todo o guia de São Paulo que tenho em casa na desesperança de poupar minha saúde mental, já inverti a rota de todas as formas possíveis. Tenho plena consciência de que qualquer esquina que eu dobrar vai ter surpresa para o meu organismo fraco, vai ter meu coração saindo pela boca, minhas mãos com tremelique, meu pulmão ricocheteando que nem potro novo. Nem paro mais na conveniência do posto pra tomar café. Eu sempre entrava naquele banheiro químico e vomitava as tripas pra me recompor e tocar a carreata do arregaço por mais uns dias. Me dá flashblack.

Chego em casa suada, com uma matilha de pensamentos negativos. Encaro a sopa sem sal, sem batatas, sem graça, minha cama vazia de lençol amarelado e a tv preto e branco chamuscada me dá uma sensação ruim, um vazio estático e estético. Eu tive a proeza de chegar num estado físico mental e espiritual que é indescritível, pra não dizer irreversível. Durmo um sono agitado, frenético, que está anos-luz de ser uma noite bem dormida. O mesmo pesadelo se repete faz mais de mês: meus bolsos estão cheios de pinos, pedras, ampolas, seringas e não consigo usar nada, e não consigo me mexer, nem mover os braços, o pescoço, os lábios, e não consigo falar, nem gritar, nem grunhir, e não consigo parar de andar, nem consigo arrancar a roupa, nem pedir ajuda, nem socorro, nem nada. Pelo amor de Deus, parece que eu colei o platinado, que atravessei o espelho, que agora já era. Vejo um orelhão, disco 192 e nada do resgate, nada de sirene, nada de nada. 192, 192, 192...

De manhã estou com olheiras, ressaca moral e gosto de guarda-chuva na boca. Parece real.

Eu, que vicio até em chiclete, ando sem moral nessa cidade asséptica: não pode fumar no elevador, não pode fumar na padaria, não pode fumar no ônibus. Não pode queimar largada, não pode dar baixaria, não pode ser anarquistas.

Tá difícil.

Sou de uma época que não tinha regras, não tinha esse peso, não tinha o passado pesado, nem esse futuro comprometido. Da época em que crianças estrábicas com botas ortopédicas existiam. Até meu carro – fiel escudeiro, comparsa e parceiro – foi confiscado numa blitz safada, porque eu estava completamente chumbada, veja só que novidade, e só ficou a chave reserva do falecido pendurada no porta-chapéus, lembrança de uma época em que eu podia ir e vir repleta de livre-arbítrio. Quer dizer. E ainda tenho que agradecer de estar aqui, tenho que dividir essa desgraça com vocês, e me diz como chego de noite e janto sem fome, e deito a cabeça na cama suja e durmo me sentindo mal. Como?

Minha funilaria está recauchutada.

Peça original, sobrou nenhuma.

Me disseram que aqui eu podia falar a verdade.

A REMOVEDORA DE MERDAS

São seis da manhã. Tá um frio esquisito.

Só nos pés.

E entre o vão dos dedos da mão.

Não muda muita coisa. Não mesmo.

Tô emputecida com meu editor. Ainda. O bastardo me critica de cara limpa. Mas sou eu quem senta o rabo seco na cadeira enferrujada cheia de tiques, empoleirada de pensamentos.

Vou mudar o quê?

O conto é meu.

E eu conto o que eu quiser.

Esse bairro me inspira. Está forrado de obcecados. Nego sem dinheiro nenhum. Um banquete de insanidade.

Queria o quê, que eu escrevesse sobre fadas?

Mais fácil falar sobre putas aladas.

Todo mundo cagando na cobertura do prédio.

Que caralho.

Eu disse pra ele que o caralho ia ser irremovível.

Disse e repito: o caralho fica. E ponto.

O editor quase me fez perder o fio do conto.

Eu sei. A realidade é sempre melhor. No duro.

Eu a agarro com as duas mãos e, quando a força dá, eu a despejo sobre a página em branco. E pronto.

Sem retoques nem maquiagem.

A realidade é tão dura que as pessoas não acreditam. Leem e dizem que eu forcei inventando.

Não.

Não foi inventado.

Só que eu tive a pachorra, a coragem, a falta de vergonha na cara de pegar toda a maçaroca de realidade e deixar cair num golpe só em cima da página em branco.

Refazer o conto. Ok.

Dessa vez, sem mentiras. Só mudo os nomes.

Este é meu ofício: removedora de merda. Ninguém gosta de uma removedora de merda. Tapam o nariz quando eu passo. Sentem nojo de carniça de gente sem filtro gente sem botão "moderado".

Por isso não olham pra mim.

Sou um caminhão de lixo carregado de palavras empesteadas.

Não procuro nada na merda. Nunca achei nada.

"Oh! Encontrei um diamante no meio da merda, encontrei uma boa ideia, o prêmio Pulitzer".

Não é assim.

Não encontro nada, não procuro nada. Simples assim. E quando me encho e vejo que não tem mais nada pra fazer, acendo um cigarro.

Depois vejo o que eu faço.

CAVIAR COM COCAÍNA

Sexta-feira.

O dia da semana que sempre termina numa noite de merda.

Tudo acontece sexta-feira à noite. O telefone sem fio de casa que não para de implorar atenção, com um toque abafado, perdido em algum lugar entre minha cama amarrotada desde sábado da semana passada e as roupas limpas, sujas de festa, de ginástica, de dormir no chão do meu quarto-cortiço.

O *feicebuque* numa epidemia brava de catapora digital, infestado de balõezinhos vermelhos flutuantes ansiosos e que não serão respondidos. Não na minha sexta-feira pé na jaca; não porque não preciso de álibis para fazer cagadas; não porque tenho mais o que fazer do que divulgar meu itinerário sigiloso e seu rastro de desgraça.

A minha indecisão típica diante do guarda-roupa mais-sem-graça-do-mundo, onde nunca acho o que quero. E a tortura emocional nada glamorosa nada cativante nada espiritual, de ficar comparando os meus vestidos capengas com marca de cabides de plástico carcomido aos looks que só vestem as mulheres sintéticas de sorriso fluorescente do Oscar do ano retrasado, de uma *Vogue* roubada do consultório do meu ginecologista, pessoa que, por sinal, preciso visitar. Sem compromisso. Só por desencargo de consciência.

Três festas acontecendo ao mesmo tempo. Tudo lista VIP. Meu nome em todas elas e eu ainda me faço de difícil pra decidir em qual delas vou dar vexame. Par ou ímpar. Uni-duni-tê. Jokenpô. Minha mãe mandou. Como se fosse fazer muita diferença ir nessa ou naquela. Como se o pessoal da *high society* fizesse alguma questão de uma sarnenta sem diploma namorado perfume, sem autoestima cartão de crédito carro, sem filtro etiqueta e grife que nem eu em algum lugar.

Faz tempo desconfio dessas listas e do critério duvidoso que decide quem é *Very Important People* e quem é gentinha ordinária. Fosse assim, eu jamais estaria numa lista dessas.

Minha dúvida é só uma: em qual delas vou dar o meu vexame semanal, pra não perder o costume. Qual delas terá mesa de trufas na saída pra rebater minha ressaca moral, minha enxaqueca psicológica, minha vontade de morrer, e refazer meu estômago oco corroído no dia seguinte. Em qual delas será menos provável encontrar algum conhecido que vai dar o azar de bater de frente comigo às três da manhã embriagada sem senso de direção sem filtro na língua, dançando despudorada sem ritmo e sozinha no meio da pista, com o sapato todo mijado o cabelo esganiçado e a típica saia fim de festa arriada até as coxas. Qual delas terá banheiro com pia de mármore, de preferência preto, e papel higiênico, por favor, folhas duplas. Passando por essa eliminação rápida, a conclusão é óbvia: pode ser qualquer uma, não vou lembrar de nada na manhã seguinte.

Respiro fundo e encaro um banho daqueles nem tão longo, porque o cabelo estava sem oleosidade, escovado e, por que não arriscar, quase cheiroso desde ontem. E nem tão rápido por causa da atenção especial que eu tinha que dar para os pelos das pernas, axila e virilha, e depois até da sobrancelha, que já era quase uma monocelha Frida Kahlo de aparência duvidosa. Vai que tem um esquisito perdido na festa. Vai que ele tá na carência do jeca e na falta do que fazer, me arrasta pra um muquifo quentinho pra gente trocar umas pulgas. Vai quê. Não custa dar um trato na pelugem.

Depois de podar meu parque de diversões e retirar a primeira camada brilhante da minha pele extraoleosa, fiquei livre pra escolher qual calcinha menos desbeiçada seria a premiada da noite. Eliminei o sutiã, pra dar uma valorizada no passe.

Para amenizar a tortura de escolher a roupa e fracionar minha penitência, estico o braço e pesco de olhos semifechados os dois primeiros vestidos pretos que vejo, porque preto não tem erro vai com tudo e é chique em qualquer estação. Tiro a velha e companheira cara ou coroa pra decidir o que meus olhos semicorajosos seriam incapazes de fazer sozinhos. Pra ser sincera, jogo a moeda três vezes seguidas, porque ela não estava sendo legal comigo e caiu todas as vezes no look que eu, de coração, não ia muito com a cara desde o dia em que comprei, mais ou menos dois meses atrás, numa tarde de TPM avassaladora, que eu decidi gastar desenfreadamente meu salário mais que mínimo pra tapar o buraco existencial grotesco que se multiplicava dentro de mim. Não adiantou, o buraco ficou maior mais fundo mais escuro e o vestido, faz meses, está parado no mesmo cabide com a mesma cara de bunda, e, ainda quando olho pra ele, lembro daquele dia em que fui à falência na primeira semana do mês e me deu vontade de morrer depois.

Massa corrida cor da pele, rímel de alongar dar brilho volume e esperança para cílios sem vida, batom vermelho Rússia Mistério, e nessa hora já estou segurando empolgada um copo de requeijão com gelo colorido e vodca sabor frutas vermelhas pra combinar com o clima e iniciar a comemoração da sexta do deslumbre.

A maquiagem básica que eu não sei fazer serve só pra tapear a olheira as espinhas os pés de galinha e as manchas de sol em cima do nariz, e tapar os meus 39 anos bem vividos que mais parecem 43 atropelados, segundo um amigo meu que nem é tão amigo assim pra ficar falando da minha cútis com tanta intimidade, ironia e certeza.

Sapato alto, com tornozeleira de cor preta e detalhes dourados pra destacar meu visual chique descompromissado e classudo, perfeito pra quem quer passar despercebida num evento, tomar um drinque, dar o ar da graça e ir embora antes do tumulto começar, embora não seja o meu caso. Não na sexta-feira santa.

Peguei logo a bolsa falsa da Fendi tamanho médio. Nem tão pequena que não caibam trufas cigarros isqueiro dinheiro batom chave de casa cartão telefônico Sorine Engov espelho canudo cortado ao meio e algumas gramas de cocaína escondidas no fundo falso da bolsa falsa. Nem tão grande que me cause desconforto e eu tenha que deixar na chapelaria, coisa que não pode acontecer de jeito nenhum. Imagina ficar pegando a bolsa a cada meia hora. Não tem cabimento.

Saí de casa para o combate. Seguindo o ritual de sempre: aquela cara de louca, postura de elegante se desfazendo, a maquiagem começando a derreter e o copo de requeijão sabor vodca cheio, que, infelizmente, ficaria abandonado no táxi porque eu ia esconder a prova do crime antes de pisar no tapete vermelho. Entre a porta e o banco do passageiro pra não levantar suspeita e deixar o taxista com uma cara de desconfiado. Isso porque ele teria certeza absoluta que, em algum momento, tinha me visto com um copo na mão. Mas minha pose de magnata deixa ele sem graça de fazer qualquer comentário. Na dúvida, ele pensa que viu coisa. Tomara que eu não dê o azar de pegar o mesmo carro na volta.

Chego na festa parcialmente anestesiada e com um sorriso besta carimbado no rosto, cantarolando uma estrofe harmoniosa de Norah Jones pra refletir o meu falso estado de espirito *clean*. Na porta, a entrada de gala: meu nome timbrado em vermelho na tal da lista VIP saiu gordo da minha boca pra dar um tapa na fuça angulosa da hostess anêmica, que me olhava de cima abaixo contando os segundos pra dizer de boca cheia: se não tem nome na lista não vai entrar, querida. Há! Estufei meus peitinhos acesos e entrei que nem uma leoa festa adentro. Dona de si. Majestosa. Intocável.

Dei uma checada 360 graus no estábulo, e parti num trote de manga-larga para o banheiro como se nada pudesse me deter, como se o mundo estivesse aos meus pés, como se ninguém suspeitasse que eu não ia mijar, nem retocar maquiagem, mas ia sim esticar uma carreira das gordas pra ver se meu pensamento clareava na marra. A ideia era adiar por alguns minutos o barraco que inevitavelmente eu ia dar hora ou outra. O banheiro deslumbrante, uma luz perfeita e a pia larga longa lisa me convidava a uma festa particular eu a pia e o pó.

Nem pensei em trancar a porta. Tirei do fundo falso da bolsa falsa meu barbitúrico da insônia, esparramei no mármore com o canudo engatilhado no nariz e na hora de passar o aspirador na preciosidade, tive um ataque de riso súbito, porque vi uma perua deslumbrada me olhando petrificada do vão da porta com a boca escancarada modelo escândalo. Num tive dúvida. Encarei a Miss Recalque nos olhos e, com o canudo pendurado no nariz, a fuça colada na pia e completamente desconjuntada, perguntei toda fanha: "que foi? Qué?". Foi pó pra tudo quanto é lado. A perua deu ré porta afora com os olhos esbugalhados e no meio do surto de gargalhada me deu uma dor de barriga incontrolável. Eu, xarope de alegria, nem soube identificar o motivo real da grande caganeira. É nessa hora que as folhas duplas do papel higiênico entram em cena em grande estilo: sedosas, macias, perfumadas, inegavelmente duplas. Indiscutivelmente confortáveis. Enfiei um rolo na bolsa pra garantir meu amanhã. Finalizei o serviço de tamanduá-bandeira na tampa da privada, de porta fechada pra evitar ataques surpresa, seguido de duas gotas de Sorine em cada venta e um Engov com água da pia pra manter o equilíbrio. Linda, mandei um beijinho pro espelho pronta pra arrasar.

Fiquei esquisita assim que pisei fora do toalete. Não sei exatamente o que sucedeu, mas algum tipo feio de desencontro dentro do meu estômago desandou com a minha alegria. A azia rebateu sem dó nos drinques de aquecimento, o pó obstruiu alguma válvula de saída importante e o Engov, que devia ter botado um fim na confusão, entrou putaparizando o ambiente que já era hostil.

Minhas pernas deveriam ter se coordenado e retomado o juízo, mas desembestaram a se trançar e eu perdi completamente a linha. Sabe o termo queimar a largada? Se não estou enganada foi um pouco pior que isso.

O mal-estar foi se alastrando e a primeira coisa que me veio à cabeça foi a imagem da mesa de trufas brilhando, piramidal, salvadora. O paraíso dos unhas de fome, que saem de casa na esperança de fazer a compra do café da manhã na festa privê desses figuras excêntricos, que ficam bancando balada pra meio mundo a troco de uma fotinho 3x4 na sessão de fofocas da revista *Contigo!*. Mas o curioso foi que, sei lá porque cargas d'água, o estúpido que escolheu o cardápio fez a palhaçada de comprar caviar. Só caviar. Caviar de tonelada. Onde já se viu, nem uma bolinha de queijo gordurenta, nem um croquetezinho de carne misteriosa. Nada. Coisa mais indecente. Era a cara desses grã-finos excêntricos cheios de vocabulário, mas sem noção nenhuma de ressaca.

Por alguns segundos tive um flashback das épocas áureas. Do tempo em que serviam coxinha e das filas do banheiro que eram, disparado, o lugar mais popular da festa. Esbocei um sorriso nostálgico indecifrável. De longe devia parecer que eu estava saboreando com o pensamento a tal da ova, raríssima, do mar Cáspio. Pelo menos era o que dizia o garçom-pinguim-esnobe que, garanto, comeu um prato de arroz, feijão e ovo antes de chegar no seu posto de guarda-costas de caviar.

Encarei com distância a cor esquisita a textura suspeita e o cheiro de barco pesqueiro. Se eu enfiasse uma torradinha recheada de gosma pra dentro do meu organismo, àquela altura da competição, sabe lá Deus o que podia acontecer. Mas o mal-estar a sensação de desmaio e a pressão mais que baixa me deram um teto preto, e acabei virando os olhos bem ali, na frente do guarda-costas de peixe que, vendo minha situação lamentável, enfiou na minha goela uma colherada do grude, consciente de que a iguaria vinha boiando no sal. O que me acordou do apagão nem foi o sal. Foi o gosto inconfundível de fim de feira que, juro por Deus, parecia castigo.

É. Quem disse que não ia ter barraco.

Retomei a compostura de magnata falida. A Miss Recalque olhando horrorizada minha saia arriada, o guarda-costas se gabando que o curso de salva-vidas tinha valido a pena e minha vontade de morrer, que normalmente aparecia sábado de manhã, tinha chegado antes da hora. Pra não perder a viagem abri a bolsa com elegância e despejei sem dó uma vasilha de caviar e duas colheres de madrepérola que vieram no combo VIP. O povo não deve ter acreditado. Não teve um santo com coragem suficiente pra me deter.

No táxi, salvei o dinheiro a chave de casa o batom e escondi delicadamente a bolsa lambuzada de caviar com cocaína entre a porta e o banco, onde já se encontrava, veja só que coincidência desgraçada, o cadáver do copo de requeijão da vinda.

Cheguei até aliviada em casa.

Coitado do taxista. Já pensou?

Ele sim que teve uma sexta-feira de merda.

QUÉ UM PEGA?

Entra.

Pode entrar, tá destrancada.

Pro lado de dentro, gira a maçaneta pro outro lado.

Que que te deu hein? Nunca tocou campainha na vida, agora isso.

Só pra te avisar: o bichano te abomina. Sabe aquela foto sua no mural? Aquela selfie baiana que você entitulou de "seu melhor e único ângulo"? Então. Arrancou na unhada. Mastigou depois mijou em cima. Salvar como? Eu tive que carbonizar aquela porra, tava empestando meu apê. Não senta perto dele que o bicho é coisa ruim, corre o risco dele se engalfinhar nas suas coxas, tô falando.

Desova perto da porta esse pisante contaminado, por gentileza.

Sei lá, põe essa bicheira em qualquer canto, mas não pisa no meu tatami sagrado.

Tênis de corrida último tipo que custou meio salário mínimo é o ápice da palhaçada, agora eu tenho que escutar isso. Se quer um pedestal iluminado pra colocar essa birosca, lamento informar: veio no lugar errado. Aqui só fica no altar uísque 12 anos. Presta atenção, teu esporte é levantamento de copo, arremesso de bituca, tiro ao alvo em vagabundo, aceita que dói menos.

Põe do lado do meu. O que tá aí, sem cadarço e todo esburacado.

Em cima, debaixo, tanto faz porra.

O que importa é se você comprou minha encomenda.

Comprou?

Deixa eu ver.

Leite condensado, ok.

Dois maços de cigarro, ok.

Seda, bong, filtro, ok.

A vodca. Cadê a vodca? Esqueceu a vodca como? Liga pra prima, ela ainda não saiu de casa, pede pra ela trazer.

Se tá ocupado tenta de novo. Vai tentando, não quero saber, era responsabilidade sua.

Manda mensagem. Whatsapp. Sinal se fumaça. Se vira.

Atendeu?

Passa o isqueiro, não gosto de cigarro babado.

Sei lá onde você colocou a boca. Por isso, pronto, falei.

Enfia esse dedo no seu rabo e passa logo o isqueiro.

Que unha hein madame? Que cor é essa, "boqueteira" ou "leva que sou fácil"? Misturou as duas então.

Luxo de mulher. Dá um abraço aqui. Te amo. Sem você e sua falta de noção minha vida não teria graça.

Ela disse que traz então.

Amém.

Te amaldiçoou, mandou se fuder de verde e amarelo, raspou o carro na mureta invisível enquanto respondia, mas tá beleza. O que importa é o fluxo, o bonde não pode parar.

Vai onde, o banheiro é pra esquerda.

Mija de porta aberta pra gente ir conversando?

Então. De onde a gente parou aquela conversa mesmo?...

Não toca nessa revista, ela é minha bíblia.

Não molha que te esfolo.

Imagina, é a *Caras* do ano, da vida, é o apocalipse dos chifres. Se até a Gisele Bündchen é corna em rede mundial, imagina a gente, duas desgraçadas sem pedigree? Este mundo está perdido! Não acha? Acabaram todas as minhas referências. Abro toda vez que tô depressiva. Daí eu lembro: não, tá tranquilo, é tudo uns filhos da puta mesmo, a buceta pode ser de ouro que não adianta. Daí eu me sinto mais normal.

Tá na sua frente o papel higiênico.

Não ouse limpar sua bunda com meu Baby Wipes de descolar maquiagem.

Tá na sua frente filha, olha pra frente. Viu? Na sua frente.

Não é de folha-dupla, não é o do mordomo da propaganda, é o que tem.

Lixa a bunda mesmo. Aproveita e usa pra esfoliar essas brotoejas nojentas.

Então chacoalha. Mas não torra.

Você não tá esquecendo de nada não? Descarga não é cu, pode dar sem medo. Atocha a mão senão a água vem sem força. Rindo desse jeito fica difícil botar pressão, se concentra no ato.

Tô plagiando placa de caminhão mesmo, foda-se.

Sorte sua que não é seta, senão tomava multa por porquice qualificada.

Isso, pode rir sua devassa, sou mesmo uma escritora de merda que vive plagiando provérbio chinfrin de placa de caminhão. Mas que fechou contrato com uma puta editora, que vai ganhar dinheiro escrevendo lixo e pagar champanhe no lançamento prasamigas que são tudo félasdaputa. Dorme com essa.

Se joga aqui no tatami sua insolente.

Então. De onde a gente parou aquela conversa mesmo?

Recapitulando: cara de costas largas, que treina às onze, que mexe com suas tripas, que você tem certeza que tem uma conexão cósmica com ele. Parou aí. Segue pro próximo capítulo.

Peraí. Passa o dichavador pra cá. A seda. O isqueiro. Amém. Tô pronta. Solta o verbo. Comedora de novatos.

Peraí. Passa a tesourinha, esse dichavador não presta.

Não! Vai destruir suas unhas de filme pornô, passa a tesourinha logo.

Ah vá!

O macho alfa do momento então, é vidente além de tudo.

Como que o filho da puta sabia seu nome? Como te achou no feicebuque? Como assim te deu o maior mole? Minha amiga, você nasceu de bunda pra lua mesmo. Aposto que se você chegasse nele ia tomar uma invertida que ia perder o rumo de casa. Mas não, o bofe do pinto de ouro se encantou com você de graça.

Você fez mandinga, certeza. Acendeu vela. Roubou fio de cabelo prendeu embaixo de açúcar derretido e depois trancou no armário. Fez um bonequinho e espetou o cérebro.

Sua cara essas tramoias.

Vai, abre o jogo. Tem lama aí no meio.

Detesto quando você olha pra cima e vira o olho. Essa parte branca do olho. É... É nojenta, não faz mais isso. Destrói com o seu "melhor e único ângulo" numa tacada só. Se ajuda vai. Já deu a preciosa pra ele?

Putamerda, quantas vezes eu te disse pra valorizar o passe, pra não liberar essa micharia de primeira, você não aprende nunca? Muito otária.

Lógico que ele não vai ligar, liberou muito cedo, tem que embromar, fazer cu doce, ser um pouco conservadora.

Não vai ligar. Se não ligou ainda, não liga mais.

Qué um pega? Baseado bom hein, da vila ou do morro esse arranca topo.

Caramba, tô desnorteada, fazia tempo que não fumava um desses.

O deadline pra ele te ligar é hoje. Uma semana neguinha, uma semana é o prazo do feedback, na verdade ele devia ter ligado no dia seguinte, mas não quero te deixar triste. Cacete!, que porra de barulho foi esse? Tão arrombando a porta.

Entra! Tá aberta!

Putamerda, esqueci da tranca.

Peraí que tô indo.

Nossa, que narigada descomunal hein prima, desfigurou seu nariz.

Ô!, vem ver isso, a prima escangalhou o nariz na porta!

Dá um pega aqui, isso merece um trago gordo, que carimbada. Tô tendo alucinação ou tá escorrendo sangue? Colega, você zoou o nariz de verdade.

Vai onde? O banheiro é pra esquerda.

Ô da unha glamourosa, cê tá sentindo um cheiro de merda fresca que nem eu? Que cheiro é esse?!

Putaqueopariu, você colocou a porcaria do seu tênis de meio salário mínimo dentro da areia do gato que te odeia, você tem merda na cabeça?

O gato cagou dentro do tênis. O desgraçado do gato deu uma cagada cinematográfica dentro da porra do tênis, olha isso! Eu sei que pisar na merda dá sorte, mas tomar uma cagalhada dentro do tênis deve ser prêmio de loteria. Depois disso até tô achando que o cara vai te ligar e te pedir em casamento.

Leva pro tanque e esfrega. Sei lá. Ou joga fora. Cocô de gato é foda.

Atrás do fogão. Do fo-gão! Vai até o fogão, Cristo, tá vendo? Atrás. Isso. Achou o tanque?

Tá tumultuado hoje. Peraí que tenho que socorrer a do nariz esbugalhado. Tira com colher de sobremesa, sei lá, se vira.

E aí, o nariz tá vivo? Dá um pega que alivia. Só não solta fumaça pela venta que vai ser ruim. Ow, que porcaria de sangue espirrado na Gisele é esse, não acredito que você deixou respingar na cara dela!

Foda-se seu nariz, vou salvar a Gisele com Baby Wipes. Que merda viu...

Pega gelo e põe aí pra estancar.

E aí sortuda, raspou a merda da palmilha? Vamos sentar logo. Na boa, como você tem coragem de pensar em brigadeiro depois de ver a cena do tênis? Larica é uma coisa inexplicável. Desinfeta essa mão com álcool antes de mexer nessa lata de leite condensado. Tem um elástico de cabelo em cima do balcão. Do bal-cão. Tá vendo a pia? Do lado tem um balcão. Em cima do balcão, o elástico. Tá em cima. Amarra a peruca.

Realmente, brigadeiro com cabelo é o que faltava pra fechar o encontro com chave de ouro. Alguém aceita o último pega?

Que se foda então.

Abre a vodca, primaaaaaaa!

ARTIGO 155

Não adianta.

Não consigo ser uma pessoa cem por cento decente.

Meu psiquiatra, cheio de bom senso de diploma e de piedade, me disse sem-piscar-os-olhos que é estatisticamente impossível recuperar toda dignidade que eu nunca tive assim, de uma hora pra outra.

Ainda está longe o dia milagroso em que vou acordar um homem-ajuizado, um homem-respeitável, vou vestir meu paletó com acabamento meia-boca, comprado a prestações infinitas nas Casas Colombo e vou trabalhar todo saltitante com um sorriso Doriana estampado no rosto.

Respeitoso, o Doctor Fritz segurou minha clavícula com os dedos pontiagudos, enquanto com a outra mão angulosa e gelada me deu dois tapinhas solidários nas costas e me diagnosticou "quase curado". "Quase reabilitado". "Quase capacitado". Quase.

Corno esse sujeito.

Um prejuízo pagar consulta cara pra conseguir receitas médicas e pensar em homicídio duplamente qualificado antes mesmo de chegar à farmácia.

Me sinto deslocado sendo um cidadão mediano.

Ainda me faz falta a vida porca. A adrenalina a nicotina a cafeína e todas as "inas" que couberem no dicionário.

Meus hábitos suínos continuam enquadrados no artigo 155. Eu saí da favela. Mas a favela não saiu de mim.

Meu espírito de porco aflora em dias alternados e não tem nenhuma lógica sequencial. E na falta de um parecer definitivo de algum especialista de punho firme, criei meu próprio diagnóstico: Distúrbio de Safadeza Permanente. Alguns hábitos simplesmente se instalam como bactérias e permanecem se alimentando de você.

Num súbito impulso me vem uma vontade imensurável de fazer cagada.

E eu simplesmente faço.

Essa adrenalina de burlar-a-lei, de pisar-na-bosta, de correr-o-risco, alimenta o menino mau e molambento que vive acampado fazendo fogueira e tomando conhaque barato dentro de mim.

Foi um título suado de conseguir.

Não dá pra jogar fora o suor de anos pela janela.

Saí da consulta vazio e determinado. Cabisbaixo e endiabrado. E parti em direção ao saque.

Desci do carro com um gingado descompromissado de turista-interessado-mas-nem-tanto e com pensamentos pra lá de mal intencionados. Encarei de frente o segurança paraguaio com pinta de policial-à-paisana-aposentado que cuidava inocentemente da porta da loja-vítima.

Com míseros cinco reais trocados em moedas de cinquenta centavos espalhados na carteira empoeirada. E um cérebro transbordando maldade, me esquivei porta adentro.

Com trejeitos de milionário de férias e postura de capitalista arrogante, dei um checkup disfarçado de curiosidade nos indefesos sensores de alarme, assobiando jazz.

Um tipinho liso, acima de qualquer suspeita.

O baque indecente do mormaço da rua com o ar condicionado de frigorífico arrebatou minha nuca numa paulada só. Me apoiei no choque térmico pra me recompor, limpei o suor cagueta e salpicado da testa, chequei os bolsos da calça e os compartimentos desnecessários da minha jaqueta de couro ecológico com um trejeito atrapalhado, típico de quem acabou de perceber que deixou o molho de chaves sem-querer-querendo pendurado e balangando na porta do carro. Detectei no fundo de um dos bolsos embolorados da calça guerrilheira dois ansiolíticos milagrosos em meio a migalhas e recibos úmidos, abandonados lá por engano em algum dia em que a leseira avantajada abalou o funcionamento do meu sistema mais-que-nervoso. Era um aviso do Divino. Num momento de impulso súbito despejei as pílulas boca adentro. Meu olhar tensionado, minhas sobrancelhas franzidas e minha testa marcada deram uma suavizada providencial. A sorte estava do meu lado.

Com cautela caminhei desinteressado e, confesso, meio abobado pelos corredores indiscretos de luz alógena e câmeras bisbilhoteiras.

Como se eu não precisasse de nada.

Como se nenhuma marca fosse boa o suficiente.

Desfoquei a visão 3D pelos objetos a fim de desvendar o roteiro maligno da filmagem interna de segurança com feição de quem está na seção errada. Consegui ser discreto. Ninguém teve a predisposição de me oferecer ajuda. Minha respiração ofegante de analista falido da bolsa de valores, que faz pouco caso de queijo camembert, me rotulou: comprador sem potencial. Toda situação de abandono foi favorável.

Enfiei o bom senso no compartimento secreto e sem fundo da calça desbotada, coincidentemente o mesmo forro furado onde se escondia tímida e contraída toda a minha diluída dignidade. E dei inicio às supostas compras.

Lá estavam eles.

Todos aqueles produtos desnecessários na minha lista questionável de prioridades de furto. Uma seleção minuciosa de delícias que eu jamais compraria. Sopa de barbatana de tubarão extinto, formigas africanas caramelizadas, caviar escargot coisas gelatinosas e cia. Iguarias refinadas de textura suspeita a preço de diamante. Guloseimas suíças feitas com leite de vacas superdotadas criadas na base de farelo de ouro. Minipedaços de queijos fedidos de aparência estragada. Produtos de higiene muito íntima. Um banquete de inutilidades pelas quais eu jamais gastaria meus míseros trocados.

Camuflei a cesta de compras com um saco grande de pão francês e um pacote honesto de bolinhas higiênicas de algodão colorido para tirar maquiagem do rosto, e, embora esse erro de cálculos pudesse ter me prejudicado, a excessiva, esquisita e tão atual metrossexualidade masculina estava ao meu lado.

O disfarce foi perfeito.

Fui lotando gradativamente os vãos da cesta com as inutilidades mais descabidas: patês grudentos de animais excêntricos, chocolates nórdicos hipercalóricos, queijos com cheiro de chulé de adolescente, gilete doze lâminas com lanterna alarme e espelho para peles esculhambadas e extrassensíveis, camisinha texturizada sabor desejo, branqueador hiperluminoso para dentes empobrecidos pela santa nicotina, desodorante cheiro macho-de-padaria, pilhas-palito, balas anti-bafo-de onça, pregadores de roupas customizados e um saco de pão de queijo recheado de catupiry porque eu ainda não tinha tomado um *breakfast* devidamente engordurado.

Meus passos compassados pelas batidas do coração.

A deliciosa sensação de fazer cagada fazia meus pés formigarem e minha boca espumar. Em mim, qualquer "ina" tinha o dom de se transformar em coisa ilegal.

Me dirigi confiante ao único ambiente em que as câmeras intrometidas de segurança não vigiavam absolutamente nada: o freezer de frango. Coxas sobrecoxas asinhas peito-sem-pele e nuggets de pescoço de galo. Filé, cubinhos e pintinho moído.

Frango é um bicho horrível até plastificado sem pena e desossado.

Um horror.

Ninguém rouba frango.

De frango, a gente tem dó.

E olhe lá.

Durante quatro minutos abri e fechei a porta do refrigerador compulsivamente enquanto minhas mãos rápidas e indiscretas abarrotavam meus compartimentos secretos. Pelo meu radar detector de caguetas de plantão localizado na nuca, me certifiquei do sucesso absoluto da empreitada. Só o saco de pão de queijo que deu trabalho porque estava congelado e grudou nos pêlos enrolados do sovaco.

Pronto.

Me dirigi à fila do caixa-rápido transbordando satisfação e adrenalina.

Eu me sentia mais que vivo.

Imbatível.

Como se não houvesse amanhã.

Passei o pão e as bolinhas de algodão focado exclusivamente na respiração ofegante da gorducha simpática e com bigodes salpicados no buço, que cuidava espaçosa do caixa. Vaique ela tinha notado o desfalque, vaique tinha sido avisada pelo fone de ouvido e estava disfarçando, vaique tinha percebido minha jaqueta toda estufada dos lados. Vaique o segurança aposentado era um tira disfarçado e estava me armando uma presepada na saída do estacionamento, uma cilada, será que a minha mãe já tinha sido avisada?

— R$ 4,99. Dinheiro ou cartão?

Despejei as moedas no balcão.

Empacotei as compras.

Peguei um saco extra para empacotar a porcariada antes de chegar em casa pra ninguém desconfiar da minha vida dupla.

Assobiando Pantera Cor-de-Rosa, marchei esbelto e malandro até o carro-cúmplice.

As pernas dormentes.

O trapézio travado.

O pão de queijo ensopado.

Exausto, abri as janelas tirei o tênis arranquei a jaqueta e saboreei satisfeito a endorfina deliciosa deslizando impune pelas minhas veias gastas e semiobstruídas.

Saquei mais dois calmantes do porta-luvas e mastiguei sem água.

Dei partida no carro.

Eu e minha dose medicinal indispensável de cagada diária.

BARRICADA

Cheguei em casa virado, nove da manhã, sei lá quantos dias tinham passado.

Entrei acelerando na garagem.

Parei o carro de lado porta aberta chave no contato janela escancarada rádio ligado.

Agilizei a passada estilo playmobil em dia de guerra. Respirei só no hall.

Bati a porta de entrada, o coração a zilhão e assombração rolando solta na cabeça inchada. Olhei quatro vezes pelo olho mágico:

Primeira olhada. Não tem nada.

Segunda olhada.

Peraí. Será?

Barulho no trinco vi um vulto pela fresta ouvi um sussurro suspeito.

Porra se ouvi!

Chegou alguém ligaram me viram me seguiram, fodeu.

Terceira olhada.

Não, tô imaginando coisa.

Dois passos pra trás um pulo pra frente.

Quarta olhada no olho trágico.

Não tem nada não ouvi lhufas nenhuma alma penada de plantão.

Bosta!

Não sei não se não sei. Melhor não confiar.

Olho maldito.

Corre.

Entrei no quarto como quem volta correndo do diabo depois de pegar um copo de água de madrugada na cozinha. Sabe como? Todo mundo faz isso um dia, volta se borrando bufando aterrorizado, escorregando a meia no azulejo batendo a canela na mesa o cotovelo na quina da parede, derrubando água no pijama. Cozinha à noite é coisa assombrada.

A garagem de casa também.

Tranquei a porta do QG escorando com o peso do corpo.

Chave tetra. Em cima e embaixo. Três voltas cada.

Checa a trinca de cima. Checa a de baixo.

Paranoia de bosta.

Ouvi passos.

Toc-toc na porta.

A cadeira rangendo.

A merda do gato andando no telhado se arrastando na casa comendo rato, desgraçado.

Será?

– Mas não tem gato na casa, acho que morreu. Putaqueopariu! Tem gente, tem gente sim. Tem gente caraaaaalho!

Arrastei a penteadeira. Travei a passagem pra bloquear a invasão. Do GOE. Da SWAT. Do espirito do gato. Do esquadrão imaginário perseguidor da liga dos entorpecidos e noiados.

Entrei no banheiro rasgando, coração na testa perna mole barulho comendo solto dentro do ouvido.

Kit-completo: maço de Hollywood duas latas três pedras cinco cápsulas isqueiro cinzeiro e Bom Ar.

Toalha no rodapé.

Tranquei a porta.

Girei a chave. Três vezes. Enfiei de novo no buraco. Pra checar se não tinha alucinado.

Estava trancado.

De novo. Pra desencargo da consciência.

Trancado mesmo.

Abri as gavetas da pia, trava-portas de psicóticos em grau avantajado de paranoia. Bloqueei a possibilidade de um possível arrombamento do meu mundo imaginário, forrado de gente fantasma.

Famosa barricada.

Só pros íntimos de ilícitos genéricos.

Tirei a chave da maçaneta, mocozei na meia. Junto com as pedras os pinos e uma Bic vermelha grande. Tem que ser grande.

Precisava ver do outro lado.

Checar a paranoia. Segundo por segundo. Sombra por sombra. Vulto por vulto.

Olhei através do buraco da fechadura.

Posição de vigília: pescoço duro testa molhada olho grudado na fechadura.

Não, ninguém.

Nada.

Mais cinco minutos na posição: respiração travada joelho com espasmos, cigarro queimando o beiço.

Ok. Barra limpa.

Pronto.

Ninguém podia entrar.

Ufa.

O problema é que eu estava lá dentro.

Sentei no vaso, revista no colo canudo a postos e cartão do seguro saúde pra bater a linha de barbitúrico. Goles gordos na lata quente. Hora ou outra o cachimbo ia comer solto na lata.

Enquanto isso, uma aspirada poderosa na taturana de farinha, enquanto apertava simultaneamente a descarga pra disfarçar o barulho enfadonho da chupada de nariz.

Silêncio.

Barulho de trinco.

O coração trotando no peito, posição de vigília: dez minutos com o olho na fechadura perna dormente lordose pegando fogo, nada do outro lado.

Olhada penetrante no espelho, dois tapas na cara e um zoom no nariz branco.

Aliso o cabelo a sobrancelha o bigode escovo o dente lavo o rosto opaco, assoo o nariz: duas gotas de Sorine em cada venta pra desentupir o condutor de porcarias.

Dois Hollywoods na sequência, um acendido na brasa do outro, cinza no cinzeiro e Bom Ar pra quebrar o cheiro.

Engraçado, parece que o odor de química fica impregnado nos pêlos do nariz. Não tem Bom Ar que disfarce.

Dois goles na lata, cigarro aceso, carreira pra dentro e descarga-disfarce.

Barulho de sirene.

Chamaram meu nome.

Suando frio na posição de vigília, de novo, meia hora de formigamento no quadril três cigarros na boca cinza espalhada no chão.

Voltei pro vaso, xixi providencial, cerveja quente derrubada de propósito no ralo, lata liberada.

Uhu!

Furo na lata pedra no furo fogo na pedra bolha no dedo, cheiro de plástico.

As vozes dessa vez eram altas.

– Quem tá aí?

Cinzeiro espatifado. Cinza pra todo lado.

Silêncio.

Me atiro no chão arranco a toalha da fresta e fico deitado vigiando o batente.

Sem respirar.

Cigarro na boca, cinzas no rosto, cotovelo ralado, pescoço duro, brasa queimando a orelha.

– Putaqueopariu, brasa cretina!

E esperei alguma resposta.

Nada.

Banho.

Arranca a roupa, vira um pino inteiro, direto da cápsula pro aspirador, liga a água fria na cabeça.

Ensaboa ensaboa ensaboa e nada de sair o cheiro azedo.

Esfrega esfrega esfrega e a pele continua suja.

Passos no quintal.

Travo as janelas do banheiro tiro o sabão desligo a água agacho. Engatinho até a toalha, arranco a tampa do ralo, abro a porta do box em slow motion, me seco do jeito que dá, coloco a cueca. Suja. A camisa. Suja. A bermuda. Imunda. A meia os pinos as pedras o isqueiro no pé molhado.

Dez minutos de olho na fechadura, sovaco suado joelho ralado dedo com bolha torcicolo no pescoço.

Nada. Ninguém. Nem vento.

Sento na privada suada, cigarro no canto da boca, carreira na revista, canudo a postos. Dois tragos, uma cheirada, quatro tragos uma escarrada profunda, simultânea com descarga.

Vozes.

Um espirro.

Silêncio.

A voz do meu psiquiatra.

– Agora fodeu. Chegaram.

Lata, pedra na lata fogo na pedra bolha em cima da primeira bolha e o tuim no cérebro.

Agacho, revista carreira canudo farinha joelho lascado cotovelo sangrando cinza espalhada pelo chão Bom Ar pra todo lado.

Deitado na toalha molhada olhando a fresta.

Dois pés.

Rodilhas de maca.

A luz acesa. Apagada. Acesa. Apagada.

Duas patas de dinossauro.

– Que coisa estranha.

Levanta, meia hora olhando pela fechadura, nada de nada.

Mau jeito na lombar de tirar o fôlego.

– Agacharam, esses putos.

Me jogo no chão, lá está a pata de dinossauro a postos, o espirro tímido do psiquiatra, a maca de prontidão.

Pela fechadura, nada.

No susto, enfio o trinco na sobrancelha, abro um buraco na testa.

– Merda!

Olho roxo bolha no dedo cotovelo pingando joelhos ardendo cinza no rosto e cheiro de enxofre.

No espelho não sou eu.

Quem é esse bosta?

Dois tapas na cara e a sobrancelha aberta.

Doeu de verdade.

– Eu vou sair seus desgraçados, não precisam arrombar, eu saio! Não tenho medo, pode abaixar o cassetete, guardar o dinossauro, eu vou por livre e espontânea vontade, seu psiquiatra maldito. Quero mudar de psiquiatra, isso é invasão de domicílio!

Viro a cápsula na pia, encosto o nariz na farinha, aspiro pó e cinza. Passo o dedo na pia a língua no dedo o dedo na gengiva. Tudo adormecido.

Tuim.

Sensação de voo baixo sem turbulência.

Pedra na lata isqueiro na pedra bolha no isqueiro e o dedo não presta mais pra nada.

Mastigo a pedra.

Jogo as cápsulas vazias no vaso.

Descarga.

– Vou sair!

Fecho as gavetas, tiro a chave da meia, enfio no trinco, giro três vezes.

Ninguém.

Empurro a penteadeira, destravo a chave tetra. Em cima. Embaixo.

– Pronto, tô saindo!

Ninguém.

Hall de entrada. Olho mágico esperando, engato a posição de vigília e o giroflex da sirene da ambulância piscando pra mim.

Foda-se. Vou sair.

Sinal da Cruz.

Abro a porta esperando o combate. A guerra, o esquadrão.

Nada. Ninguém.

Nem carro passando na rua.

Me sento.

Puxo o telefone.

192.

– Por favor, manda o resgate.

SONHO 3019

Era um quarto sem porta. Pequeno, mas minha cabeça era um campo de Marte, então não importa. Não achava nada, não sabia o que eu estava procurando. Mas não achava.

Ele apareceu no meio do quarto, parecia um demônio: todo estraquinado, olho esbugalhado, roupa escangalhada, nariz branco, a boca com baba seca.

Eu o reconheci.

Era do grupo.

Um daqueles que não fica limpo nem a paulada. Que vive uma vida do inferno. Que tem muito dinheiro e nenhuma força de vontade.

Chamava ele de Hillary – uma história que eu tinha ouvido de um travesti que apareceu pra dar bom-dia pra família dele. Achei o nome hilário, de traveco pistoludo, mas não vem ao caso. História muito cabulosa. Se eu fiquei impressionada, imagina a dimensão.

– Vamos pra Las Vegas.

– Como Hillary?

A voz dele rouca. De festa de três dias. De manguaça do hotel Califa. De quem fechou o Love History.

Minhas frases não saíam pela boca. Eram pensamentos no formato Quentin Tarantino.

Saiam em balõezinhos, tipo gibi da Marvel.

Me pegou pela mão, na outra uma lata de vodca. Não era Smirnoff. Era vodca pura.

Existe lata de vodca pura em sonho. Só podia ser sonho mesmo.

Me ofereceu.

Lógico.

– Qué?

– Não – eu não falei, mas pensei e também pensei que queria um gole.

De repente já estávamos no conversível do pai dele. Um Rolls Royce. Ou um Cadillac. Ou um Opala envenenado. Não entendo de carro.

Racionais numa batida eletrônica violenta, vento na cara e farinha voando. O filha da puta batia carreiras com o carro a milhão. Coisa de rico. Parecia neve. Parecia Nova York.

– Quer?

Meu balãozinho do "não" voou pela janela. Fiquei olhando pendurada pra fora do carro pra ver até onde ele ia. Se era um "não" resistente.

O tempo todo meu telefone no bolso.

E eu a um fio pra ligar pro meu namorado. O meu Poder Superior. O meu He-Man. Pode escolher.

Liguei. O vento de farinha na cara, Racionais se esgoelando no refrão marcante:

"...E eu que me julguei forte/ E eu que me senti

Serei um fraco quando outras dela vir/ Se o barato é louco e o processo é lento

No momento/ Deixa eu caminhar contra o vento..."

Joguei fora meu CD.

– Que porra de música é essa? Onde cê tá? Putaqueopariu, você recaiu?!

– Sei lá, o Hillary me arrastou pro arrebento. Pega a 45 e enfia na boca dele!

Todos os balõezinhos ao vento.

Chegamos num avião, e o pai dele tinha avião, e tinha um motorista usando Ray-Ban espelhado, que mascava Bubbaloo. E lá íamos nós, o vento nevando e a gente se pendurando que nem criança no putaqueopariu do avião (avião tem putaqueopariu?), e o motorista fazia balões com a goma de mascar.

– Esta merda vai cairrrrrrrrrr....

Voou pra trás o balão. Entrou na turbina. Os pedacinhos ao vento viraram uma chuva de sangue.

Metade do avião era aberto.

Avião conversível.

Dava pra pegar as nuvens.

Batiam na fuça do Hillary, ele cheirava as nuvens.

Enfiei duas nuvens no bolso. Eram nuvens de chuva. Meu bolso pingava.

Enfim, Las Vegas ou Los Angeles, sei lá. Só sei que tinha L no nome.

Um cassino enorme, muita luz colorida e uma mesa de pôquer que andava sozinha pelo salão, pernas de cinta-liga vermelha. Todo mundo apostava correndo atrás da mesa.

O Hillary apostou o Rolls Royce (o Cadillac, o Opala) e o avião pela metade. O cabelo dele parecia que tinha giz em cima, mas não era giz.

– Quer um gole?

Corno.

Nego na ativa é uma raça ruim.

As luzes apagaram e acendeu a luz halógena que cega baladeiro. Era a ala psiquiátrica de algum hospital. Era frio, espaçoso e tinha faixas de amarrar maluco penduradas no teto.

Apareceu o pai do Hillary, de terno e charuto na boca, batendo a pontinha do sapato DockSide no chão, as mão na cintura, meu Poder Superior com o canela-seca apontado pro alto, cuspindo bala sem dó.

– Cheguei. Interna o Hillary. Ele passou do limite.

– Porra, vai me internar justo hoje, no Natal? No Natal nããããããão...

Cabelo branco rosto branco ele era o Noel – com o saco de brinquedo forrado de farinha.

Balõezinhos no ar.

RAJADA DE IDEIAS

Mudar o texto, as vírgulas, o ponto final (sumir com ele?). E fazer diálogos.

Mudar pra terceira pessoa, colocar ritmo, humanizar o personagem. Três novos temas. Três! Caralho.

Preciso escrever. Guardar. Anotar. Vou esquecer.

Espera. O Logan ainda está com o olho esbugalhado. Pilhado. Lutando contra o sono. Tá, então amamenta, troca fralda, põe pra dormir, coisa pouca. Quarenta minutos de olho no olho cafuné no topete embalo na poltrona. Mamou quase nada. Eu na aula e a ordenha da semana seca, irritando o papai. No freezer, o estoque está baixo. E, aqui, o peito ardendo. Muito leite. Liga a máquina da ordenha. Enche a mamadeira. Guarda no estoque. Congela. Esteriliza. Seca. Guarda. Mais quarenta minutos. Calma. Dá tempo. Dá tempo. Madrugada adentro. O moleque já no berço, aproveita.

Tô pilhada. Preciso escrever. Anotar. Vou esquecer tudo. As ideias escoando. Passa muito, perco o ponto.

Vai, janta menina, vitamina pro leite, pode desnutrir não, conto-conto-conto. Sopa fria de legumes de ontem pingo de azeite e um copo de Activia rosa-cocô pra desempatar o intestino preguiçoso. Agora, dente. Xixi.

Não vai dar tempo.

Rosto. Limpa os poros. Adstringe. Creme pro rosto pra olheira pra pálpebra pra virilha, mais meia hora. Cacete! Deita. Na cama, ô iPad do caralho, conexão que não dá o ar da graça.

O namorado puto, bufando-se coçando-revirando, tique no pé, mau humor danado e eu escrevendo.

Escrevendo. Escrevendo. Não posso esquecer. Anota-anota-anota.

JEITO BRASILEIRO

Dia de jogo.

Dia de caos.

É o inferno na terra.

Aconteceu que da última vez que era dia de jogo a fila de carros começava no portão da garagem do prédio e ia até o quinto dos infernos. Não teve maneira de chegar em nenhum lugar. Engarrafou da Lapa até a Penha, e até os coitados dos jogadores ficaram prensados no meio da muvuca e quase não chegam a tempo no campo. Imagina o fiasco. Os bichinhos entrando em jogo, tudo atordoado, estressado, desconjuntado. Ganharam nem sei como.

Eu histérica, o povo descontrolado os flanelinhas amontoados os ambulantes excitados, os jogadores desnorteados os trombadinhas aproveitando a deixa e o trânsito todo encalacrado apertado esmagado. Realiza a desgraça.

Coitada de mim.

Mastigando unha como se fosse pipoca amanteigada, com um comichão desgraçado na boca do estômago, porque, da última vez, foi uma lástima ficar presa dentro do carro, engavetada no meio de três carretas dois caminhões de lixo e um ônibus de corinthiano tudo endiabrado, tudo porco cuspindo pela janela – e eu sem entender por que sendo jogo do Brasil eles continuavam de preto-e-branco, continuavam xingando, continuavam gritando pra mulherada que é tudo bunda da Fiel. Ô bando. A fila de motoboy sem capacete e sem respeito, amaldiçoando até a sombra, buzinando na bunda do povo, e dá a seta pra um lado e pro outro, acelera empina e queima a borracha da roda pra fazer pressão, mas vai dizer que tem fresta pra passar. Tem nada. Porque ninguém sai do lugar ninguém se mexe e o jogo vai começar. Ô pesadelo.

O desespero toma conta da torcida que continua tudo atulhada se retorcendo no meio da rodovia, todo mundo vestido de verde-amarelo, e o farol verde-amarelo-vermelho-verde-amarelo--vermelho até parece piada. Não tem maneira de se mover meio centímetro, e o verde-amarelo-vermelho continua insistindo. O único no engarrafamento inteiro que está cheio de esperança. Todo mundo frenético, embicando um carro no outro, mandando o guardinha de trânsito tomar-no-meio-do-rabo à capela, e o infeliz ficando verde-amarelo-vermelho que parece o semáforo.

O cheiro de escapamento podre empestiando a atmosfera, fumaça de cigarro misturada com bafo de esgoto fermentado do rio, que cozinhou toda merda do povo debaixo do sol peçonhento. Imagina o mormaço, o ar morto entrando pela ventilação do carro, e eu me intoxicando. Todo mundo ficando verde e amarelo e sem vontade sem paciência sem educação. É o cão.

Congestionamento miserável.

O ar-condicionado girando um ar morno, porque o carro não anda, e tudo vai virando um forno, uma sauna a vapor sem eucalipto. O sol parece maçarico e dá pra fritar ovo e assar churrasco de gato no capô do conversível. Todo mundo xingando suando cantando assoprando corneta infernizando com apito escutando o hino tomando cerveja comprando bandeira mijando na calçada. O cão.

Os flanelinhas alucinados, vendendo pandeiro DVD camiseta biriba Ki-suco salgadinho amendoim refrigerante-quente e pipoca-doce. Vendendo a mãe. Trombadinha pulando no vidro do carro, rabiscando um inglês inventado, pedindo dinheiro-moeda-troca-do-dólar-money-cash, please, arruma qualquer coisa, tá valendo doutor. E vão entrando de cabeça na janela de meio mundo, roubando a paciência do povo, que já está fudido, e a do turista, que vai se fodendo aos poucos.

Todo mundo rouco, esganiçado, afobado, desesperado, que o trânsito para e transforma a cidade no quinto dos infernos.

Tudo entupido de gente.

E ninguém sai do lugar.

Quem foi não volta. Quem ia não foi. Quem foi parou. Quem ficou desistiu.

E o jogo vai começar, vai começar meu-deus-do-céu. E mete a mão na buzina como se fosse resolver alguma coisa. Buzina de van de ônibus de moto de lambreta de carro de corneta de bicicleta.

Essa copa promete.

O hino nacional ao som de buzinas-trombetas-apitos e gritos de flanelinha. Ficou até interessante. Deveria ser a música oficial da copa (do fim) do mundo.

Foi duro de dormir essa noite, confesso.

O jogo é só amanhã, e eu aqui sofrendo.

Vê se pode.

Toda aflita, roendo a pele do dedo, porque a unha, que foi privilégio do primeiro jogo, agora ficou no toco. Eu devia ter poupado dois dedos, já que eu sabia o que estava por vir. E o que eu faço com o frio na barriga que parece que sou eu que vou jogar, que sou eu que defendo a pátria-amada-desgraçada-Brasil.

Qual será que vai ser o placar?

Quantos gols vamos marcar?

Quantos frangos vamos tomar?

Será que vai ter gol contra de novo?

Que palhaçada! Imagina a cara do sujeito marcando ponto no próprio time e o país inteiro amaldiçoando o dia que ele nasceu. Coitado, que fardo. Quantas faltas paulistinhas rasteiras, chutes-na-canela carrinho-maldoso mata-leão, quantas mordidas vão ter? E o juiz safado-trombadinha-ladrão-corrupto fazendo vista grossa na rasteira de um e de outro, o bandeirinha cego sinalizando pênalti que nem existe e vai marcar impedimento onde não tem impedimento, que eu sei, e a torcida vai descascar a mãe o pai a família inteira do pobre cego. Ô dó.

Será que vai ter cartão vermelho porradaria sangue tumulto?

Tomara.

O pior é que já está em cima da hora, e eu aqui, debruçada, de binóculo na sacada de casa, rindo do povo se estapeando lá embaixo, e eu não decido se saio se fico. Saco. A essa altura, no bar, não tem mesa na rua não dá pra andar de carro não vou sair, que eu é que não vou fazer o papelão de ficar parada no quarteirão debaixo com cara de otária, porque eu nem tenho TV nem rádio nem nada no carro imagina correr o risco de novo? Que trauma!

Tem a casa daquele cara que trabalha comigo, que dava pra ir andando, mas fico sem graça de chegar sem ser convidada. E olha que eu dei várias indiretas nele, perguntei até se ele tinha palpite do placar, e nada de ele me convidar. Mais insistente que eu, não teve. Acho muito mesquinho esse tipo que tem piscina em casa e não convida. É coisa de gente que tem micose, aposto. Até combinaram que as meninas iam de biquíni verde-amarelo e os meninos de sunga azul. Olha que breguice, que ideia de jerico, imagina o povo todo combinando, com a bandana da bandeira amarrada na cabeça, tudo comendo churrasco amendoim batatinha patê de atum com maionese dentro d'água, bebendo cachaça cerveja e vodca no copo de plástico colorido, e a gordura da picanha boiando pelas bordas e a água toda mijada toda morna de nego que não vai arredá o pé pra ir no banheiro até o jogo terminar. Aposto.

Melhor ficar em casa.

Esta cidade está uma bagunça.

Tontos são os gringos, que nem imaginam o tamanho do risco que estão correndo.

Arrastão em Ipanema, arquibancada despencando na cabeça, viaduto desmoronando em cima de ônibus e passeata pra tudo quanto é lado pra chacoalhar a estrutura do governo, porque o povo não é besta não é burro não é trouxa, já está de saco cheio de ver tanto dinheiro financiando a Copa e tão pouca comida em cima do prato.

Começou o jogo.

O som do hino na garganta dessa gente bagunceira ecoando nas paredes do prédio.

Tanto verde-amarelo que até o vermelho da Colômbia combina. Juro.

Parece o caos essa Copa, e nem parece que é o caos porque é bonito de ouvir. Tanto gringo tanto grito xingamento e buzina.

Só no Brasil é assim, que o errado vai dando certo nem-sei-como, que o tumulto tem um jeito organizado. Chega a ser uma zona bonita de ver. É um milagre, é o jeitinho de fazer do nosso jeito, que ninguém mais tem.

Nosso jeitinho brasileiro de ser.

NÃO VAI DAR TEMPO

A mochila desbotada, toda murcha, estirada no chão do quarto. As alças desmilinguidas. Uma pra cada lado. E o zíper totalmente desbeiçado, meio aberto, meio emperrado. Completamente vazia. Parecia um gato morto. Macumba. Trabalho feito.

Tive um mal presságio: não vai dar tempo.

Recolho o pé de pato velho o flutuador mofado a toalha úmida a calcinha sem elásticos e os óculos de natação de borracha carcomida achado no chão do banheiro do clube. Atrás da cama, o sutiã desconfortável todo empoeirado e o tampão de ouvido de silicone coberto de cabelo ressecado. Hidratante para cabelos compridos e sem vida e o protetor solar fator trinta. Meramente psicológicos. Chinelo velho no pé ossudo, biquíni geriátrico modelo tapa-bunda, calcinha suja isolada no balde. Toda exibida, surge a cueca esfarrapada de dormir a postos. Acontece toda vez que o shorts de bolinhas vermelhas é abduzido misteriosamente.

Lá vou eu. O cadáver recheado da mochila-capenga nas costas. Parece um gato gordo e sarnento empalhado às pressas.

Tempo estimado: dezoito minutos.

Velocidade emocional: cruzeiro.

Controle do portão e carteira do clube na mão, e a chave de casa enferrujada que emperra, como sempre, em dia de desespero. Não gira não solta não sai. Suando. Tô suando toda a angústia. Numa crise progressiva de nervos disfarçada de pressa.

Não vai dar tempo.

Status: estresse agudo.

Estou num estado deplorável. Vou postar meu olhar de misericórdia. Minha postura de bailarina corcunda. Mas o tremelique nos dedos, a visão sem foco, o suor na ponta dos dedos e os botões cretinos de tão minúsculos não permitem.

Página social em branco. Em aberto. Stand-by. Sem a foto da minha fuça estúpida rindo sem vontade, como sempre, de coisa nenhuma. Sem meu primeiro pensamento inútil e desnecessário do dia. Me sinto perdida.

Hoje, ninguém sabe de mim.

Evasão de privacidade: incompleta.

Dia de merda. Nada vai acontecer.

No carro, o calor miserável a janela suada o trânsito impaciente de todo dia. Motor ligado, o rádio no último volume, o cinto travando o esqueleto aflito e o retrovisor que flagra uma árvore displicente fora da calçada, vindo de encontro com a quina do carro.

Espera. Inspira. Expira. Um de cada vez. Você consegue.

Uma sensação de quase lá. O pensamento em apneia. E o fundo da piscina embaixo da faixa de pedestres num tom de cimento pisado. Azulejos de chicletes pisoteados em várias versões de sabor.

O telefone histérico implora qualquer resposta, enquanto Elis Regina se esgoela viaduto adentro. Acaba o sinal. Elis é degolada junto com o lamento insistente do celular carente. Acendo um cigarro. Não, dois. Merda, esqueci: não fumo mais. Meio trago e a brasa suicida se lança num mergulho carpado com meia pirueta no banco de couro do carro. Souvenir do dia em que me esqueci de que eu não fumava mais. Eu mereço. Meto a mão na buzina, injuriada com a amnésia oportunista, e rasgo um tiro de 100 metros clube adentro. Transpirando aflição. Eu a janela o volante escorregadio e o cabelo palhoça que dança tango com o vento. E agora com cheiro de cinzeiro de festa.

Corre.

Não vai dar tempo.

O técnico canta a bola, todo-moreno todo-profissional: treino forte hoje. Mais essa.

O chinelo voa longe e o shorts escorrega culote abaixo numa rebolada lambisgoia de quadril quase sexy, não fosse a bunda seca e a escápula pontiaguda.

Foco na água. Preciso ser rápida. Duas cuspidas mal calculadas na lente do óculos me deixaram enjoada. Touca com musgo no cabelo-bombril, respirada profunda imitando nadador profissional e me lanço piscina adentro num mergulho de barriga tão ridículo que duas raias depois da minha ouviram o som ardido do impacto do esqueleto magro ricocheteando na água.

Última checada no relógio. Não vai dar tempo nem a pau.

Mil e setecentros metros de pensamentos líquidos. Dez piscinas de peito.

Espero que não tenha fritura no almoço. Quatro dias na base do pastel e azia corrosiva. Não posso esquecer de estender a roupa, a última mofou e foi pro lixo. Desperdício desgraçado. Nossa! Que brilho é aquele ali no fundo, será um anel de ouro ou uma corrente ou nem é nada. Não tenho sorte, minha mãe achou um óculos Armani, acredita?

Perdi a conta pra menos. Não, pra mais. Doze piscinas crawl.

Tosar a unha do pé é prioridade, andar de chinelo está indecente. Será que esqueci o fogo ligado? Toda vez essa paranoia do fogo. Sai fora. Esse ano vou tomar sol sem medo de câncer, sair do feicebuque de vez e comer orgânicos.

Sete piscinas.

Que nojo esses tufos de cabelo na água, coisa porca, odeio cabelo dos outros, vou reclamar, não limpam essa nojeira desde quando? PeloamordeDeus!

Perdi a conta de novo. Tô roubando a metragem. Nadei quantas de crawl? Que inferno.

Vou mudar de carro, aquela carroça fede a fim de festa, e tem o banco furado o para-choque amassado, que desgosto. Vou praticar ioga antes que eu tenha um infarto. E exercitar o desapego treinar glúteo parar de fumar (saco já parei) pegar o telefone do técnico, não sei o nome dele, se ele não der vai ser ridículo, será que ele namora? Não vi anel, preciso olhar direito, que horas são agora?

Seis piscinas de costas. Nada mais rápido. Melhora seu tempo sua lesma, respira expira inspira. Pela boca. Só me falta engazopar e ser arrastada raia afora pelo salva-vidas.

O som hipnótico do apito de adestramento antecipa o fim do meu sofrimento. Acabou o treino a paranoia os pensamentos. Cansada. Cansada com pressa com fome e ansiosa pra mudar de vida.

Chinelo toalha molhada mochila molambenta chave do carro, tudo engatilhado. Tempo recorde: 13 minutos de pé afundado no acelerador. Muda, exausta e meio triste porque perdi a conta da metragem. Como sempre.

Esbaforida, chave gato empalhado pés de pato voam cegos porta adentro e veem o sofá numa vista panorâmica. Passou longe. Um fio fino de grito rouco, quase parecendo um miado, escapa do pulmão sem força:

– Acordou? O bebê acordou?

– Acordou nada, está num sono ferrado, aproveita e toma banho. Limpa os peitos, esse cheiro de cloro horrível, o moleque sente o gosto, pelo amor de Deus, o restaurante do menino tem que estar sempre limpo... Esse cabelo desgrenhado, essa bunda molhada, Jesus Maria José, você agora é mãe, toma jeito.

Banho. Ok. Vou pro banho.

Mas será que dá tempo?

AMORA E O MENINO

– Vamos que a gente já tá atrasado.

– Mas eu tenho que ir mesmo mãe? Que saco, tô jogando né...

– Se arruma. É pra ontem, moleque. E escova os dentes, que esse bafo de fossa tá inexplicável, tô sentindo do quarto.

O menino vestia calça da escola e camisa do Corinthians desde sexta à noite, quando sentou o traseiro redondo no sofá e ligou o vídeo-game. Começou a passar de fases, ao mesmo tempo que estufava o peito inflado sem medalha alguma e, no domingo, ele ainda estava plugado. Dizia que não podia desligar a geringonça, que apagava os recordes que ele se gabava de ter conquistado, mas era pura preguiça.

Mudou todo o arsenal de quinquilharias do quarto para a sala, que em poucas horas se transformou em um acampamento de férias, na noite-do-pijama. Trouxe o cobertor de pelúcia chamuscado de Danone, os bonecos de guerra sem pernas e o skate que só servia de banco depois da queda homérica de joelhos, numa tarde fatídica que tentava ser esportista e que, óbvio, não deu certo. O chapéu de cowboy, pra fase de faroeste, a coleção de figurinhas pra identificar os personagens que faltavam no seu álbum incompleto, e o fone de ouvido pra quando a mãe reclamasse que o som alto de tiros estava entrando no seu cérebro e se alojando permanentemente. A coleção de insetos ressecados da sorte, o estilingue de madeira que seu pai tinha feito, a metralhadora de água pra possíveis ataques imaginários, a boia que só usava na piscina do prédio em último caso: nas tardes tenebrosas em que as borboletas de calor invadiam a sala e grudavam no seu pescoço suado e dava uma coceira desgraçada.

O cabelo parecia um ninho de mafagafos, o bafo era de brigadeiro, o bigode tinha cracas de granulado seco. Pipoca pelo chão, caixinha de Toddynho pra todo lado, travesseiros em camadas debaixo da bunda, atrás das costas, em cima do móvel.

Roía unhas quando perdia vidas. Soltava grunhidos, peidos abafados, assoava o nariz na toalha de rosto do banheiro, as mãos tinham apenas tocos nas pontas.

Amora não ligava.

Fim de semana era coisa sagrada, queria deitar ver dez filmes ler cinco livros, queria morrer, não queria papo. Muito menos com ele, que tomava seu tempo escasso de segunda a sexta, que retrucava tudo, que não aceitava nada sem um belo debate.

Era professora de inglês e achava que seu trabalho era o mais pentelho do mundo. Mas foi graças a ele que conseguiu bolsa de estudos para o menino, que estudar não estudava nem a pauladas, dizia que já sabia tudo e que, por isso, não precisava encostar nos livros. Isso rendia muitos quebra-paus entre eles, discussões sem fim cheias de argumentos inexplicáveis que o guri arrancava, ela sabia, muito bem de onde.

– Culpa do seu pai, aquele miserável, que acha que vender escultura de Durepoxi enche a barriga de criança, onde já se viu. Quero ver ele pagar o seguro saúde com pulserinhas de palha de coco. Palhaçada. Daí te ensina a questionar o mundo, aquele papo de hippie humanista, que da dor de barriga de ouvir. Não sei onde estava com a cabeça quando abri as pernas pro desgraçado.

Amora tinha ânsia quando dava de cara com aquele sujeito mediano que atravessou sua vida num dia de carência absoluta. E claro que era esse sujeito, por uma ironia do maldito destino, o grande herói do menino. Não poderia ser diferente. O menino nasceu a fotocópia do pai, não só fisicamente. Tinha um talento enorme para artesanato, eculturas, debates sem fundamento, coçar o saco e mais nada.

Ela também perambulava pela casa de pijama, arrastando a pantufa velha no chão, mas pelo menos tinha a decência de tomar banho, daqueles demorados, com direitos a espumas de rosas e óleos de amêndoas, toca térmica e chapinha, lixa de casco e esfoliador de pele poída. E quando tinha crises de enxaqueca, ficava mais azeda que amora fora da estação. Não queria ver o menino nem pintado de ouro. O vídeogame foi a salvação, disparado o melhor presente de todos os anos, foi sua libertação e motivo de muito bate boca com o pai, que ensinou o menino a arte de inventar, imaginar, construir com as próprias mãos.

– Catar lixo, isso sim. Desde quando juntar tampinha enferrujada é brincar?

Ele achava que o brinquedo estagnava o desenvolvimento do guri, que era o ponto culminante pra uma geração prostrada e sem ponto de vista.

Ela foi curta e grossa quando o ex-carma veio com o blá-blá-blá pra cima dela:

– Na minha casa as regras são minhas, a TV é minha, a paciência também. No seu fim de semana eu não quero saber se você leva ele pra andar de lotação, se põe o coitado no guidão da sua bicicleta e sai caçando entulho em caçamba. Eu não quero saber. Continua ensinando ele a fazer escultura com garrafa de refrigerante, cinzeiro de latinha, coloca corda em lagartixa e leva pra passear, aproveita essas tempestades e carrega um tronco de árvore pra sua casa e faz uma prancha. Mas me faz o favor: não mete o bedelho na minha rotina. Não dá pitaco na minha vida. Você não paga escola, não paga comida, não compra remédio, não se importa se o menino se veste de estopa. Mas com o vídeogame vira macho, me poupe! Então, não testa minha paciência. E nem tenta fazer ele me convencer a trazer essa porcariada pra cá. Deixa tudo lá, naquele ateliê de entulho que você chama de casa, que eu detesto barata, não sou da paz como você que cria rato, adestra mosquito da dengue. Estamos entendidos? E arranca esse sorriso amarelo-cínico da cara, para de enrolar fumo de corda, que é a desculpa mais cretina que eu já vi pra comprar seda na banca sem dar pinta de maconheiro, seu maconheiro sem-vergonha. Tchau, passe bem. E de preferência, passe bem longe de mim.

Era uma relação aberta, as coisas que deveriam ser faladas por meio de advogados eram lavadas ali mesmo, na portaria do prédio. O porteiro era discreto, fingia que não ouvia nada. E quando via o pai do menino chegando já sabia do enredo.

Agora era domingo, final de semana dela, e era dia de visitar a tia Demógenes. Tia Demógenes tinha 92 anos e era "quase" cem por cento lúcida. O "quase" que era problema.

A pobre tinha certeza de ter um filho que nunca existiu, na idade do filho de Amora. Então tinha sobrado pra ela, todo domingo, levar o menino, contrariado, pra brincar com o fantasma. O garoto odiava domingo e a tia Demógenes: os biscoitos mal guardados de maisena embolorada, o suco morno de limão com mel, as balas de leite com formigas presas na embalagem. O cheiro de casa fechada, a televisão branco e preta, as imagens de santo penduradas na parede. Não tinha vídeogame, a bola era de lona, os brinquedos todos de madeira, um mais sem graça que o outro.

E todo domingo era a mesma tortura: explicar e reexplicar para o filho que a tia Demógenes não sabia que não tinha filho e que era melhor que não soubesse, pois estava com o pé na cova. Nem que tinha 92 anos, as costas corcunda, artrite nas mãos. E que tinha o cabelo roxo, mais roxo que qualquer amora, que cheirava a naftalina e tinha brincos sem as pérolas, que deviam ter caído em algum lugar da casa, alguns anos atrás. E que roupas de babado estavam fora de moda, e que laquê no cabelo deixava o cabelo duro, parecia um capacete.

– Tô pronto, mãe.

A mesma roupa de sempre. O mesmo cabelo de ontem. O mesmo cheiro de lençol mal-dormido de todo fim de semana.

Não lavou o rosto nem escovou os dentes. Amora não discutiu, já sentia uma leve pontada na nuca e pressentia que a crise de enxaqueca que estava por vir seria a maior de todos os tempos.

– Descalço não tem cabimento, o resto eu aturo, mas filho meu não vai andar que nem mendigo em dia de visita, faz o favor.

– Olha o Crocs aqui na minha mão, mãe! Tá cega é? Cuidado pra não ficar igual a tia Demo.

Tia Demo. Era essa a intimidade do menino com a tia-avó.

– Tia Demo só aqui em casa, porque mexer com coisa do Demo com gente de idade pode ser ruim, você escutou? E pode colocar o tênis que esse seu Crocs caindo pelas tabelas não presta, você vai machucar o pé, topar o dedo, arrancar a unha jogando bola.

– Por quê? Eu gosto de Crocs, meu pai usa Crocs pra trabalhar, por que eu não posso ir de Crocs? Eu não entendo, uma injustiça isso sim. Eu quero andar do jeito que eu quiser, hoje é domingo, meu pai deixa. E eu vou jogar bola com quem? Ela não tem filho, eu fico sozinho no quarto conversando com o peão, com o cavalo de madeira, com o tabuleiro de xadrez... Tabuleiro de xadrez, mãe! Que mãe no mundo dá pra uma criança tabuleiro de xadrez? Eu não tenho com quem jogar bola naquela casa mal-assombrada.

Amora não discutiu. Tomou o Crocs do menino e enfiou na lata de lixo. Acabou com o assunto ali mesmo. Tinha coisas que ela nem perdia mais seu tempo, tipo discussão de Crocs velho. E quando o argumento tinha a palavra "pai" no meio, ela ficava emputecida.

– Seu pai não trabalha. Fazer boneco com galho de árvore não é trabalho, é desculpa pra não fazer nada. Melhor você entender isso de uma vez por todas, senão vai crescer achando que ser artista plástico é profissão. Não é profissão, é hobbie. Profissão dá dinheiro, hobbie, não. Você ganha dinheiro jogando vídeogame? Não né? Então.

Abriu a porta do carro e chamou o menino, que estava num universo paralelo caçando borboletas, procurando tatu-bola no estacionamento do prédio, enchendo os bolsos de pedrinhas, galhos e folhas-secas.

– Eu não quero ir atrás. Por que eu tenho que ir no banco de trás? Sou crescido, tenho onze anos, não preciso usar cadeirão, eu não entendo porque você não deixa eu ir na frente com você. Por favor, mãe, deixa eu ir na frente, vai. O papai não tem carro, não posso nunca andar na frente, e não é a mesma coisa sentar na frente do ônibus. No ônibus não tem graça, mas no seu carro tem, porque eu olho as placas e as bicicletas na rua, e eu posso ver de que cor as pessoas pintam o cabelo, e quem sabe passa uma caçamba com alguma coisa boa pra pegar, pra gente levar pro papai pra ele fazer um escultura. Posso?

– Entra e fecha a porta menino. Pelo amor de Deus, dá pra parar de discutir sobre tudo? Ô herança genética podre, vou te falar. E é a única herança que aquele homem te deixou, juro, as vezes parece que estou sendo castigada, ele foi embora, mas você é igualzinho. Brincadeira, tô pagando meus pecados.

No caminho da casa da tia Demo não houve papo.

Amora massageava o crânio que estava explodindo e o menino olhava o mundo com olhos de coruja, contava baixinho quantas pessoas ruivas via caminhando, comemorava quando passava um fusca azul, contava as pedrinhas na palma da mão como se fossem pequenos diamantes.

Ao chegar, viram tia Demo parada na porta da casa, de pé, mas olhando pra baixo, pois sua coluna era côncava demais para olhar o horizonte. Ela acenava para ninguém. Parecia que se despedia, mas não haviam pessoas na rua, não haviam pessoas.

Amora desceu do carro, preocupada.

– Oi tia, viemos tomar um suco com a senhora, porque está aqui na porta, sozinha?

– A festa acabou. Vocês chegaram atrasados, fica pro ano que vem, quando meu filho fizer doze anos. E vê se não esquece de trazer um brinquedo, ele adora xadrez, pode trazer depois que ele não liga, mas agora está dormindo. Foi uma festa e tanto, tinha muita criança, a última acabou de sair.

Virou de costas, arrastou a chinela meio metro, e bateu a porta.

– Tchau, tia Demo.

Era a primeira vez que o menino comemorava perder uma festa. A mãe abriu a bolsa e tomou dois analgésicos sem água. Mastigou com cuspe e engoliu. Amaldiçoou a tia desvirtuada com um nome bem cabeludo e entrou no carro azeda de verdade.

– Posso ir sentado na frente, posso?

– Senta e não abre o bico.

Comemorou bem quietinho duas gêmeas ruivas que atravessaram a rua quando chegaram em casa.

– Uhuuuu...

Amora abriu a porta emperrada com um chute, deixou a chave no trinco, lançou a bolsa no sofá, chutou a sandália longe. Deu a última olhada pra sua sala, que parecia de um albergue, colocou a mão na testa e preferiu ficar quieta. Um bate-boca àquela altura da competição faria o topo de sua cabeça descolar do crânio.

– Faz lição.

O menino já estava sentado no skate, com fone de ouvido, controle na mão e chapéu de cowboy.

– Tá bom. Boa noite, mãe.

MÃE-POLVO

Essa coisa de ter filho acaba com a gente.

A melhor conversa que tenho o dia inteiro é às quatro da manhã. Sonâmbula.

A única pessoa capaz de entender o que uma mãe passa é outra mãe passando pelo mesmo perrengue.

– Oi, tá por aí?

– Tô. Desde as duas e quinze.

– Que foi, tá com cólica a bebê?

– Cólica dente nascendo fome e cocô até o pescoço. Todas as alternativas.

– E você, a cadeira de balanço rangendo muito?

– Cadeira rangendo o gato miando o moleque se esgoelando e meu marido roncando. Todas as alternativas. O menino está sugando minha alma.

– Ah, o de sempre.

– Tá, amanhã a gente se fala. Vamos dar uma volta no shopping? Tô enlouquecendo.

– Fechado. Mal posso esperar. Dois bebês chorando juntos vai ser o caos.

– Beijos.

– Boa noite. Dorme um pouco.

– Essa é boa, vai se fodê.

E é isso.

O que delimita a profundeza da nossa olheira é a diferença de meses entre os pivetes.

Um mês: olheiras até o queixo humor instável cabelo caindo tetas ardendo. Dois meses: olheiras até o nariz humor negro cabelo ressecado tetas rachadas. Três meses: olheiras pretas no lugar de olheiras, humor já foi embora faz tempo, cabelo preso todo arrebentado e as tetas em frangalhos.

Essa história de ficar confinada dentro de casa tira qualquer pessoa do sério. Parece que não há vida além das paredes do meu quarto. Só existe dar mamá trocar a fralda passar Hipoglós abotoar roupinha, dar banho dar mamá de novo trocar três fraldas seguidas gastar um tubo de Hipoglós, cozinhar papinha armazenar papinha colocar babador tirar babador, dar banho de novo dar mamá de novo colocar pra dormir e, meia hora depois, o bebê acorda gritando. Com fome. Mijado até o cabelo. Não deu tempo de fazer xixi, cocô nem preciso comentar que a prisão de ventre predomina na maternidade. Nem de tomar um banho de gato, de trocar a camiseta toda azeda de leite. De nada. Isso quando eu não confundo a pasta de dente com creme para assaduras, pra começar o dia com chave de ouro.

O combinado era:

– Duas horas passo aí. Me espera pronta.

Arrumei a mudança: mochila roupinhas fraldas Hipoglós Luftal mordedor chupeta chocalho mamadeira brinquedos cobertor bolsa térmica carrinho papinha suco cadeirão. Parece que estou indo passar o fim de semana fora. Já estou exausta, são três da tarde e a desgraçada não toca a campainha.

O mau humor deu um pico de audiência.

Liguei ácida pra dita cuja.

– Qual foi, esqueceu o bebê no micro-ondas? O moleque impaciente, eu exausta, a mudança pronta e você fazendo graça aí na sua casa.

– Ela dormiu, tô com dó de acordar.

– Pelo amor de Deus, dó da gente ninguém tem, né? Enfia a menina dormindo no carro, amarra no cadeirão e sai do confinamento, santa!

– Tá. Tô saindo. Vamos ter que parar no fraldário logo, que a fralda tá pesada e cheirando defunto.

Meia hora depois, minha veia da testa saltada, o moleque dormindo graças a Deus e ela chega discreta descendo a mão na buzina. Acordou o meu bebê, o bebê dela e os cachorros da casa da frente e os velhinhos do asilo do quarteirão de trás. Uhu! Vamos.

No estacionamento do shopping, a misteriosa vaga de gestantes não estava em lugar nenhum. As de idosos, todas lotadas. Sobrou a vaga de cadeirantes e como a gente tinha dois cadeirões pra carregar no braço, nos achamos no direito. Mesmo porque nem tinha como arrancar tudo aquilo do carro parando numa vaga normal. Nego reclama, mas não levanta a bunda pra ajudar a carregar a mudança, descarregar os carrinhos, pegar os bebês, encaixar os bebês no carrinho, amarrar eles no cadeirão de novo e pendurar as quinze mochilas aonde desse pra pendurar. Àquela altura da competição, eu pagava pra ver algum segurança que fosse homem o suficiente pra vir dar lição de moral em duas mães suando destrambelhadas com cara de loucas. A gente precisava de espaço de uma vida nova e voltar no tempo se possível.

No elevador traçamos o plano do passeio. Primeiro andar: comprar brinquedos educativos sem graça, passar no caixa eletrônico e ver o tamanho do rombo na conta, tomar um frapuccino de caramelo boiando no chantilly pra acalmar os ânimos. Partiu pro segundo andar direto para o fraldário (mesmo porque àquela altura a fralda já devia ter vazado cocô pra todo lado): dar mamá, trocar as fraldas (pela enésima vez), trocar as roupas que já deviam estar mijadas e aproveitar que a gente já estava ali mesmo, sentadas, coisa rara, pra tomar um litro de água no gargalo, colocar o papo materno em dia e meter o pau nos maridos, aqueles encostados miseráveis de uma figa. Enfim, terceiro andar: trocar dois macacões muito-rosa por dois macacões menos-rosa, comprar um sapato de anão número dezessete pela bagatela de R$ 100, adiantar dois presentes de aniversário (vai saber quando ia dar pra sair da toca de novo) e comprar uma blusa que a gente nunca ia usar só pra se sentir bonita e consumista.

O plano desandou nos quarenta minutos do primeiro tempo.

No primeiro andar tudo correu tão bem que tivemos um surto de liberdade e deixamos a etapa do café por último. Ainda não estávamos falidas no banco, quase enlouquecemos na loja de brinquedos e foi nessa brecha que os mijões sincronizaram o sono. Mágica. Uhu!

Deixamos a fralda de meio quilo de bosta pra dali a pouco e tocamos pro terceiro andar.

Não foi tão simples assim. Não sei quem foi o amaldiçoado que inventou as regras da escada rolante, mas com toda certeza foi algum safado solteiro, livre e com tempo de sobra.

– Pela escada rolante não pode senhora, crianças de carrinho só no elevador.

Merda.

O elevador abarrotado de gente. Se você quer subir ele desce, se quer descer ele sobe. Imagina a demora a impaciência a lotação o bafo. O que era pra ser uma coisa agilizada vira um tormento uma espera um saco. Perder tempo ouvindo música de elevador, olhando a cara de paisagem dos outros e apertando o botão estilo-ascensorista pra ver se a coisa fica mais agilizada é o fim. Porque ninguém vai pra andar nenhum ninguém se olha nem se fala nem se cumprimenta. E aquele cheiro de cocô mole e sem consistência foi dominando o ar que já era rarefeito. Todo mundo se acusando com olhar de suspeito, cara de não-fui-eu.

Foi no terceiro andar que o sonho acabou. No meio da troca de roupinhas, os dois pimpolhos acordaram simultaneamente e começaram a se esgoelar em coro. Parecia que tinham combinado. A vendedora se atrapalhou, a caixa passou a diferença errada e eu balançando os dois carrinhos ao mesmo tempo. Mãe-polvo. Deu pra ver o carrinho molhado, a roupa vazando um líquido marrom corrosivo e o cheiro de carniça fresca empesteou meus pensamentos.

Partimos ao som agudo de berreiro, de bosta e fome, aquele som cortante que entra no tímpano e faz um tuim no cérebro. Aquela nota que dá embrulho no estômago, que mexe com o controle nervoso, que faz a gente perder o rumo. Esperamos o elevador fazendo mímica cantando galinha-pintadinha e pulando num pé só. Qualquer coisa que acalmasse aquelas criaturinhas, que, quando sujam a fralda, nem parecem coisa-de-Deus. O cheiro de chorume providenciou uma evacuação instantânea no elevador e por algum motivo misterioso nos sentimos vencedoras. Dominamos o sobe e desce, demos off na música insuportável de banheiro, que, misturada aos gritos escala cinco, parecia música gospel. Deu até tempo de passar um batonzinho e falar mal daquela gentinha fresca, credo.

No fraldário, aquela desgraça que sabíamos que nos aguardava: roupas salpicadas de diarreia. Trocamos aquelas bundinhas azedas com agilidade de enfermeira de berçário. Depois de um tempo, todo processo vira uma coisa mecânica e sem sentimento. Desabotoa, arranca meia mijão macacão numa mãozada só. Tudo direto pra um saco de plástico vedado: material químico. Como o pobre do lenço úmido não ia dar conta de jeito nenhum, o pré-banho foi providenciado na pia. Seca, passa Hipoglós põe a fralda o body o mijão as meias abotoa a roupinha, pronto. Nesse ponto o silêncio era o que garantia nosso juízo. Qualquer palavra que saísse viria acompanhada de lágrimas. Chegada a hora da amamentação, sentamos esgotadas e oferecemos nosso último estoque de energia, que as crianças sugam até a última gota, sem miséria.

Ainda conseguimos tomar dois goles de café antes de colocar a mudança no carro.

De novo.

O segurança já esperava a gente com as mãos na cintura. Faltava bater a ponta do pé e balançar a cabeça estilo que-coisa-feia-hein, roubando a vaga de aleijado. Tomou um vai-se-foder em coro com as crianças se esperneando de *backing vocal*. Nem reagiu. Anotou alguma coisa num caderno, provavelmente pra ele se lembrar de nunca mais mexer com uma mãe com criança-de-colo.

– Oi, tá por aí?

– Tô. Não estou sentindo minhas pernas.

– Bom, então você tá no lucro. Eu não sinto mais nada.

– Chegou bem em casa?

– Ô! Bem desequilibrada. Ainda o outro perguntou o que tinha pra janta, vai vendo, a panela voou direto na cabeça dele.

– O de sempre então...

– Foi gostoso, semana que vem a gente repete o passeio.

– Tá. Hoje é quinta... Então até domingo eu tô recuperada.

– Boa noite. Tenta dormir.

– Essa é boa, vai se fodê.

I WILL SURVIVE

– Bom dia. Vambora pra chamada: as que sobreviveram ao fim de semana, se apresentem.

– Tô aqui, cretina. Não me marca nessas suas bostas de texto queima filme ducaralho. Não é todo mundo que caga e anda de ser um inútil na sociedade. Você tem o dom, viu.

– Tá onde?

– Na fila da lotérica.

E esse cheiro de lotérica? Puta que pariu.

Água de Rosas, com porra e sovaco. Senhor!, que gente é essa, me explica.

– Não passo nem na porta.

– Preciso pagar uma conta.

– Cheiro de velho fedendo mijo?

– Não. Porra, sovaco e Água de Rosas. Mistura com cinzeiro de puteiro também. Eu não mereço isso. Preciso de um iPhone que envie cheiro. Existe esse aplicativo?

– Desconheço.

– Não sei por que todo mundo joga. Cê conhece algum ganhador dessa merda?

– Não. Nem conheço alguém que jogue. Olha essa foto. Vou te dar uma máscara dessas.

– Essa foto é demais. Muda a foto do grupo pra essa?

– Meu ex jogava. Cretino. Só assim pra me levar pra jantar fora algum dia, aquele porra.

– Nem se ganhasse o prêmio ele te levava. Ia guardar no banco. Numa conta fantasma. Não ia te contar nunca.

– Ou sumia. E ia abrir um puteiro em Miami. Aposto. Esses merdas. Adicto não namora. Adicto SEQUESTRA. Grava bem isso.

– Prefiro não me pronunciar. Vou ficar quieta.

– Agradeço seu silêncio ensurdecedor.

– Sentindo esse aroma dos deuses, puta merda. E aí, grupo hoje?

– Não dá. Minha filha, não tenho com quem deixar.

– Entrega no orfanato. Eu vou te resgatar.

– Isso não!

– Noooooooossa, nem aceita brincadeira mais. A coisa tá séria mesmo hein?

– A coisa tá muito seria. Tô acendendo vela. Pro anjo. Dia sim dia não. Essa porra de vento encanado que apaga a vela, é coisa ruim quando apaga, tô ligada.

– Olha essa foto, que bofe espetaculoso... que cê acha do tipo?

– Não me mostra foto de homem. Minha piriquita tá morta. Não fode. Acho que o remédio tá batendo. Hoje não cheirei.

– What????

– Eu não chorei meninas!!! Hoje eu não chorei! CHOREI. Corretor ducaralho. Tô até meio feliz, acredita? Milagre, Senhor!

– Gente, você tá muito descompensada, sério. Tenho medo de você.

– Eu também tenho. Dia de bosta, lotérica escrota. Sovaco, porra e cheiro de rosas. Vontade de morrer. Sabe como? Quero dormir uma semana seguida. Tá grave colega. *I Will Survive*.

– *You Will Baby.*

– Eu só acordei agora. Vai pensando que você tá ruim, vai. *I Will Survive* ao edredon. Tem dia que é pica... E assim caminha nossa falta de humanidade.

– Passos de formiga sem nenhuma vontade. É noix. Tamo junto nessa joça. Foda-se.

UM FODA-SE BEM COLOCADO

Foi um começo simples. O deles.

As coisas têm que começar de algum jeito.

– Quer jantar?

Ela não queria.

– Quero.

E foram.

As pessoas adoram ser jantadas. Essa é a verdade.

Ele até achava que ia chegar antes ao restaurante. Essas coisas que homens comuns pensam.

Tipo puxar a cadeira estar perfumado e elegante. Ele não pensava assim.

Chegou atrasado.

De chinelo.

Sem perfume.

Blusa rasgada.

Descabelado.

Ela disse:

– Vou chegar tarde. Acho que muito tarde. Tudo bem se for tarde?

Ele:

– Foda-se o tarde.

O foda-se arrepiou a coluna dela. Achava pessoas que dominavam fodases extremamente tesudas. Um foda-se bem colocado merecia aplausos.

Foi o que ela pensou. Mas não disse.

Era o homem que ela sempre quis. Disso, ela não tinha a mínima ideia.

Inclusive, eles não sabiam de porra nenhuma. Nem se conheciam de perto.

De longe, sabiam o que precisavam saber: que eram arredios blindados tatuados e que se intrigavam muito um com o outro. Só isso.

E que queriam se comer. Loucamente. Sem parar.

Isso, sempre souberam.

Mas um dia, um dia que sempre chega se ficarmos atentos, a vida abre um vão. Pessoas nunca reparam nessas brechas. Essas coincidências disfarçadas de acaso. Mas não eles.

– Não vai comer nada?

A fome tinha ido pra casa ducaralho.

Mas ela não verbalizou. Nem precisava. Naquele contexto muita coisa estava subentendida.

O homem transpirava mar. Se expandia num sorriso que ia da testa e dava a volta no umbigo.

Se fixou nos olhos delas sem medo de tomar um tiro no meio da testa.

– Corajoso você.

– Sou?

– É.

– Olhos puxados, não resisto.

Não precisou de muito pra se tornarem eles mesmos bem ali, na cadeira do restaurante.

Não estavam nem aí se tudo desse errado.

Porque, até ali, tudo já tinha dado certo.

Ela lascou a direta no peito largo dele. Como sempre fazia com tudo. Falava o que sentia. Nunca media a potência das palavras. Não selecionava adjetivos. Falava e ponto.

– Já que estamos aqui e que foda-se todo o resto, vamos agilizar esse processo.

– Processo? Interessante. Continua.

A partir daí foi uma reta só até a calcinha ficar encharcada.

– Nós temos uma única saída pra essa embromação acabar de uma vez por todas e cada um seguir seu caminho.

– Eu estava pensando nisso. Qual sua proposta?

– Levanta, vem, me beija, homem! Porque, se seu beijo for uma merda, concluímos a nossa missão aqui.

Sorriu arco-íris. Esticou as duas patas perfeitas sobre a mesa, ficou de pé.

– Isso está melhor do que eu esperava.

Se espreguiçou que nem quando acordamos de um sono perfeito, estalou a coluna, puxou os óculos calmamente do rosto e os depositou sobre a mesa. Só faltou tirar o chinelo.

Ela, linda e firme. Compacta. Era tarde pra sair correndo.

Sentou ao seu lado. Segurou seu rosto como quem segura um filhote de passarinho, arrumou os fios de cabelo perdidos entre a orelha e o grampo.

– Então vamos resolver isso, Morena.

Quando os lábios se tocaram, a bolha se formou. Aquela bolha que faz o mundo todo sumir.

E só ficou eles.

E o silêncio.

E a pele soltando faíscas.

E aquele cheiro de homem alfa e mulher no cio.

Todo o resto que não fossem eles, simplesmente sumiu.

Saíram da bolha e se olharam.

Apenas uma palavra, a dele, foi a que cortou o silêncio.

– Fudeu.

Mais um primo do foda-se muito bem colocado.

Ele sabia as palavras perfeitas para aquele momento. Tem homens que sabem como fazer um foda-se virar poema.

– Já que estamos aqui e que foda-se todo o resto, sobrou uma única saída pra essa merda dar errado de verdade e cada um seguir seu caminho.

– Sobrou?

– Sobrou. A última opção de todas.

– Isso está ficando cada vez mais interessante.

– É só dar tudo errado na cama. Embora eu não tenha muita certeza disso.

O resto não preciso dizer.

Era o mínimo que eles mereciam: mereciam um ao outro.

PENETRA

Você foi convidado pra festa de ontem? Eu imaginei, não te vi lá, tinha maior esperança de te encontrar perdido na pista sem camisa e bêbado ou na fila do banheiro atarantando a mulherada de bexiga cheia. Eu também não estava na lista de convidados e nem por isso deixei de ir, trata de se agilizar malandro, agora virei sua babá? Acho uma puta sacanagem gente que conhece a gente convidar meia São Paulo e deixar quem é arroz de festa de fora, tá aí uma coisa que me deixa endiabrado. E isso tá virando rotina, percebeu, essa coisa da gente ficar de fora de ser excluído de ser mal quisto? Pois é, desde o começo do ano. Nada de convite de e-mail de bosta nenhuma pra evento nenhum.

Lógico que fui, tá brincando, faz meses venho me aprimorando na fina arte de penetrar em festa onde sou persona non grata. Entrar camuflado entrar de bico pular o muro tapear segurança, você sabe.

Não, aquela que o povo foi fantasiado de gala não foi a última que eu entrei. Por sinal, a gente arrebentou com as probabilidades daquela vez, vai dizer, leão-de-chácara uma pinoia, fomos de garçons e ainda comemos de graça.

Como nem ficou sabendo, divulgaram na página social de meio mundo, todo povo curtindo compartilhando comentando, em que planeta você vive? Não te liguei porque aconteceu tudo em cima da hora, me deu ataque e eu fui. Inclusive foi sensacional, no fim da festa, chuta quem estava com a língua dentro da boca fresca e cheia de dente da dona da festa, quem, quem? Eu. Eu mesmo seu cretino, está pensando que sou pouca porcaria? Vou te contar.

Eu estava lá em casa de bobs coçando o saco só de cueca e meia, um típico sábado sem-graça-sem-sal-sem-novidade-sem-namorada-sem-nada. Vendo *Zorra Total* com uma mão no controle remoto e outra no teclado. Não, o controle da TV foi consertado, cachorro desgraçado. Já falei pra minha mãe que qualquer hora vou abrir o portão pra esse pulguento ir roer a casa de outra pessoa. Sem condições ter que levantar a bunda pra mudar de canal toda hora, eu gosto de ficar frenético mudando de programa, no fim não assisto nenhum, que que tem? Neurótico uma porra. É toque, seu imundo, toque é doença, não sabia não? Transtorno psicose sequela, pode chamar do que quiser, veado, no meu sofá as leis são minhas e nem tenta vir cagar regra. Se não está satisfeito fica lá na sua casa assistindo Barbie com sua irmã dançando com roupa de bailarina na frente da TV, você que sabe. Porque agora eu tenho o controle e você nem tem mais sua tática barata de dominar a televisão, eu não me mexo mesmo pra mudar o canal, se você tinha disposição era problema seu. Quer lavar roupa suja agora?, tá atrapalhando o fluxo da minha história, vai conversar com seu terapeuta sobre suas frustrações seu problemático.

Então. Foi daí que eu vi o post neon brilhando pra mim, deu até uma piscadinha. Já mudei minha posição prostrada de lesma catatônica pra postura de ataque. Até sentei, vai vendo, milagre mesmo, porque já tinha desistido da vida social. Pra mim, passou das onze, acabaram as esperanças.

Não dessa vez.

Fiquei encasquetado com o povo comentando, empolgado com a "festa do ano", a festa que ninguém ia deixar de ir, o melhor DJ do momento e um monte de blá-blá-blá que você sabe bem. Estava lá: traje esporte chique, que merda é essa? Eu não sou ignorante, dobra essa língua de chorume, é que é ridículo traje esporte chique, é só um jeito descolado de dizer: vá como quiser, mas pelo amor de Deus toma um banho e passa perfume. Tô errado? Me enfiei dentro de um jeans, calcei um tênis sem furo a camiseta hering de sempre e dei duas borrifadas do odorizador de ambiente, que estava dando sopa em cima da mesa da sala. Daquele jeito. Bonito até o ridículo, eu podia ter ido enrolado num lençol que eu entrava de todo jeito.

Quando eu cheguei na porta da festa era horário de pico. Tinha gente saindo pelo ladrão. A fila quilométrica, típica de evento bombástico que segura a multidão na porta pra fazer tumulto e chamar atenção. E aquela fuleiragem toda de sempre: a sessão dos engomados com gel no cabelo, dos bolados de blusa pp marcando as tetas infladas, das patricinhas de Beverly Hills se equilibrando no salto mais-que-alto, das hippies de butique, estava todo mundo lá, com convite na mão. Exatamente isso: eu com aquela cara de bosta que você conhece bem, analisando as possibilidades de me infiltrar e caçando assunto com os manobristas. É meu jeito de disfarçar mesmo, vou mudar minha tática por quê, por que você acha ultrapassada?

Me poupa.

Funciona, funcionou e continuará funcionando por gerações. Os filhos dos meus filhos vão ser penetras também. Tá no sangue.

Tinha. Tinha segurança pra todo lado. Era na casa da menina, está brincando? Tinha até atirador de elite no telhado, viatura disfarçada de carro de hot-dog, eu sou esperto, me liguei no movimento. Eu achei mesmo que a desgraçada da festa era impenetrável, não vou mentir, por um segundo até me achei velho ultrapassado fodido e mal pago. Arranca esse sorrisinho besta da fuça, vou dar um tapa na sua cara.

Espera.

Pode esperar até o fim? Ansioso demais, julgador demais, você é um corno.

Foi o manobrista que me deu a letra. Quando eu já tinha perdido as esperanças. Não dava pra entrar por cima que a muralha do palácio era blindada. Não dava pra entrar por trás, porque não tinha por trás. Muito menos me infiltrar na equipe de garçons porque eu cheguei tarde demais e a equipe já devia até estar servindo queijo camembert e torradinhas integrais sem glúten pro DJ megaespetacular. Pela frente? Como pela frente? Eu sem convite, cinco trogloditas na porta e dois leões de chácara pra lá de mal encarados, dispensando sem dó gente com dente sujo, com remela no olho, gente sem perfume, gente com bota ortopédica e com escoliose.

O manobrista deu a letra sim, te falei que o manobrista era o canal? Os convites valiam pra duas pessoas. Casal. Namorados. Marido e mulher. Amigo e amiga.

Olha a falha no sistema.

Muita pretensão da anfitriã achar que todo mundo já tem um par de sapato velho. Minha missão era essa: localizar uma desavisada qualquer com ar de desamparada e olhar sorumbático e dar o bote. Como assim? Você acha que São Paulo inteira está arranjada? Que todo mundo é feliz? Tem sempre um filho da puta que chega na última hora e percebe que não tem amigos. Que está abandonado. Infeliz. Perdido. Vazio. Cheio de amor pra dar. Foi nessa brecha que eu entrei. Me custou exatos dez minutos. Bastou usar meu sexto sentido.

Traz pra mim também, com gelo e limão, e não traz a zero que não estou de dieta e essa história está me dando fome. Pode ser, de muçarela. A outra metade não lembro do que era, não lembro mesmo, parece com quê, calabresa com cebola? Presunto com ovo? Sei lá, foi ontem. Não. Antes de anteontem. Porra, eu sei que é dessa semana, serve? Adivinha o sabor, coloca na boca e morde, é pizza velha, e pizza velha é um tesão, não reclama molambento.

Vou continuar.

A parte final é top.

Dá pra ouvir aí da cozinha ou quer que eu te conte pelo Whatsapp? O que eu não quero é que você perca o *grand finale*, se liga. Mania de moderninho uma porra, não sou eu que entra no banho com o celular, que trepa e fica de olho no vibracall, que caga mandando mensagem romântica. Você é podre. P-o-d-r-e.

Tá vendo?

Perdi o fluxo o fio a batida.

Perdendo tempo aqui com você seu olhudo, tá com dor de cotovelo que ontem eu me dei bem e você passou a noite abduzido pela tela do celular. E nada de ninguém te ligar te mandar mensagem nem sinal de fumaça. Tô errado? O silêncio te condena.

Então.

Daí eu comecei a caça. Vou agilizar a história pra acabar com seu sofrimento.

Isso, dá um gole gordo e arrota. Eu pedi coca-cola com gelo e limão e você me trouxe essa sopa com gás. Tá louco hein, seu déficit de atenção agravou, esqueceu de tomar as bolinhas da noite?

Fitei de primeira. Fui certeiro na vítima. Eu tenho olho pra essas coisas. A fulaninha me abriu um sorriso de um lado a outro da fuça, chega que os olhinhos até brilharam só porque ofereci um gole de cerveja morna. Logo virou minha melhor amiga. Papo vai papo vem, já viu. Entrei na festa tirando onda.

Resumindo: a desamparada era prima em primeiro grau da tal da dona da festa. Sorte do caralho não, camarada, Deus estava olhando por mim quando saí de casa. Dancei música eletrônica de camarote, usei o banheiro particular da família, comi os petiscos servido pelo mordomo da minha futura sogra, tirei selfie com a irmã mais nova da patricinha. E ainda bebi uísque trinta anos abraçado com o pai da anfitriã, meu possível futuro sogro.

Beijei, na frente deles mesmo, fui aceito pela família, eu sou boa pinta demais.

Ô pizza quente da porra, queimei o beiço.

Castiga nada, Deus é meu comparsa. Devia ser penetra também. Entrou de bico da Santa Ceia.

Voltei pra casa com o motorista particular da tal da prima, num carro blindado e escutando Nat King Cole. Minha sogra me providenciou analgésico pra dor de cabeça e tomei os comprimidos com água mineral São Lourenço gelada, que estava à minha disposição na minigeladeira do conversível. Até dormi com a cabeça apoiada no apoia-braços de couro confortável, e com a outra mão segurando o putaqueopariu.

Não sei, meu filho, essas coisas só acontecem comigo, nasci com a bunda virada pra lua. Fazer o quê? Fui abençoado com esse dom.

Hoje tem, mas não vou.

Pode pegar o convite, pega e enfia no rabo.

Cê acha?

Eu gosto de penetrar. Com convite é muito fácil.

Tá, pega aí o controle.

Pode mudar, não estava vendo mesmo.

Pode deixar no desenho da Barbie, não tô nem aí.

Quer que eu ponha roupa de balé e dance pra você?

FÉDEMENOS

Tem dia que tem dó.

Desperto desordenada, o raciocínio desfigurado.

São rajadas de ondas cerebrais inclassificáveis. Nada se equilibra.

O dedão do pé virou migalha depois da milagreira dose de endorfina mal-calculada de todo dia. Pois é, eu não sei me comportar.

Nem me controlar.

Ou me importar.

Sim, com meus atos. Todos eles.

Me sustento letárgica, apática e indiferente.

Ensimesmada com o espelho, com meu cabelo, com a sujeira incompreensível da minha pele estéril. Tudo bolhas, uma montoeira de disfarce, sei bem, nunca me vestiu essa desgraceira.

Mais um dia, o único dia, um dia de cada vez. Faz dias que as horas rastejam cegas.

Atravancam meus hábitos vagabundos, fajutos, desesperados.

Nem se esfregassem o Alcorão na minha fuça, nem assim.

Teimosa, cabeçuda resistente, frise com letras maiúsculas meus adjetivos de estimação, faço do meu jeito. E ponto final.

Decorar, decorei tudo. Como mandaram. De trás pra frente. "Fique hoje, volte amanhã" em cinco idiomas diferentes.

Não adianta, não consigo dar conta de mim.

Vinte dias no máximo, de abstinência renúncia e castigo. Um celibato.

Depois é aquele arregaço: o telefone constipado, contaminado, vinte e sete mensagens sem retorno.

"Tá viva? Tá morta? Responde, ô delinquente!"

Vão dizer o quê? "Coitada da menina, tem doença progressiva..."

Vai brincando.

É Viciada Pervertida Deturpada, disso pra baixo. Tô dizendo.

Seguir, sigo sempre, sou cabeçuda com diploma, são trombadinhas meus primeiros pensamentos. Desmedidos grosseiros inconstantes.

As minhas vontades me traem.

O tempo todo.

Não acredito em nada que venha de mim.

E em nenhum representante da fé, em nenhum Deus que não dance. Eu finjo estar bem e basta. E todos fingem se importar com isso.

Minha religião?

Um pano azul encardido.

Problema horroroso esse, ter fé demais ou de menos. Tudo fede.

Isso mesmo, tenho enjoo de gente.

Todos se enquadram, não há santo que se salve.

Minha mãe o ex e as quatro irmãs, todos crescendo um dentro do outro, sentem por dois e mijam por cinco. Faz o favor, não aguento. Catalogam defeitos, endeusam doenças, prescrevem remédios, adoram conselhos que não usam. Isso se chama "Família".

Povo tóxico, pior que inimigo. Vírus hospitaleiro, um veneno.

Fumar maconha não pode, tô sabendo.

Antes era só vista grossa, mas agora o quê? Essa depravação deslavada, pra todo mundo saber. Queria ver fumar pedra na esquina tempo atrás, pensa o quê, era calamidade coisa dessas à vista.

Hoje, foda-se.

Esparramaram os vícios por todas as esquinas.

Seda na banca ninguém comprava, que vergonha, nem pense. Era guardanapo de boteco ou folha de bíblia. E olhe lá.

Eu amava escolher santo e versículo pra carburar fumo sagrado, passatempo dos infernos.

Na minha época, só dentro de casa, no quarto trancado à chave tetra.

Agora isso.

Resta "Eu" sem artifícios.

Tô perdida, eu sei. Sem saída.

Depois que tirei a droga sobrou eu comigo mesma, não tenho mais como justificar o processo.

Não tem como. O povo precisa de provas, de ação, de vacilos, de protesto.

Doençinha silenciosa da peste, nem explicando numa maquete. Não dá conta do processo.

Acendi vela em umbanda, tomei passe pra encosto. Mas meditar de que maneira, me explica, com a cabeça atarantada desse jeito.

Se nem tiro pijama dia inteiro, se afundo para-choque na garagem de casa, se nem sei escolher entre vermelho ou preto, saia ou calça, casamento ou velório, não consigo.

Fui roubada.

Levaram de mim o poder da escolha.

Tento explicar que nem sentar sem espasmos, nem fazer unha sem tremer, nem cagar em paz. Não sei ficar comigo meio centésimo de segundo sem desvairar, nada disso.

Estou descarrilhada.

Faz anos que perdi meu eixo.

Dormir, eu tento, juro.

Todo dia é igual.

Tantas pra meia-noite e o relógio biológico não entende a canseira. Que antes era hora do abate, de se pendurar no açougue com pouca roupa e má intenção, agora não. Sobrou Chaves, Tom & Jerry e alguns espasmos sem explicação. E é coceira na bunda e mexe o braço coça o dedão. Porra nenhuma. Reclamo do olho ardendo na tela do telefone sem mensagem, que dó, remoída de solidão.

Sobrou ar quente de bafo de leite morno no cangote, sobrou sapato alto que comprei antes da falência e os vestidos de festa das festas todas que nunca mais fui. E continuo comprando, parcela, divide que agora é assim, que prioridade mesmo é leite A e fralda Pampers, e pra isso dinheiro gruda no dedo, vai explicar.

Ontem fiquei louca mesmo, foi feio de ver. Vesti meu longo e fui na farmácia comprar colírio, velho hábito que não desadapto. Mas o olho pulava mesmo era pra caixa tarja preta dentro da sacola do velho insone. Velho feliz do caraleo!

Ô doença dos infernos.

Desenho animado de pretinho básico e batom de puta lôca não pega bem, meu menino não entende. Ontem roubou o batom e comeu inteirinho que parecia morango mas era quase uma semana de trabalho, ele nem sabia, maloqueirinho danado.

Tá, reunião mais tarde, juro, se eu fosse forte até passava na igreja pra tomar um porre de água benta, mas não consigo nem virada, morro de medo.

Sempre tem uma criança na igreja te encarando, como se soubesse todos os seus pecados.

Já percebeu?

Não, jamais, com isso não tenho estruturas pra lidar.

Deus me livre.

ANITA

Vi de longe a nebulosa cor de asfalto se formando no alto do morro, monstruosa, carregada de fuligem, folhagem e água empoeirada. Foi a deixa pra eu levantar a bunda da cadeira do boteco do seu Arlindo, virar o copo de cerveja e o de cachaça numa golada só e arrastar comigo a garrafa-companheira meio choca, debaixo do braço pra tomar no bico, enquanto caminhava desviando de poças de esgoto, de fiação pendurada e de bueiro aberto. Deixar pinga pro santo é coisa de rico. Aqui a gente enxuga até a última gota e ainda mistura um dedo de água no final pra fazer aquela raspa com o álcool etílico que sobra encrostado no interior na garrafa.

Corri pro barraco.

O quartel-general da macacada era no fim da rua. O único da ruela inteira com TV de tela plana sessenta polegadas pra dia de jogo de xingação de tumulto, com mesa de mármore preto comprada no depósito de quinquilharia da esquina a preço de banana e uma geladeira de inox duas portas, daquelas que é só pôr o copo que ela vomita gelo triturado em cima no uísque. A bicha é linda demais, precisa ver. É nossa menina, até apelidamos a gostosa: se chama Anita. Mantém tudo na temperatura certa. Fica ruim vender coisa estragada. E reclamação pentelhação devolução a gente não aceita, que aqui não é loja de shopping center. Levou, já era. Não tem serviço de atendimento ao consumidor.

E é por causa da Anita que tô aqui me esbofeteando pra passar entre as vendedoras barraqueiras de sovaco peludo do camelô em tempo recorde. Ô mulherada que grita alto, nunca vi, vendendo vassoura capa de telefone guarda-chuva muamba da China, vendendo a mãe.

Uma colada na outra, se esgoelando de fazer tremer o tímpano de nego perdido que vem parar aqui, porque dormiu no ônibus e acordou no ponto final babando na gola da camisa.

A Anita não gosta de ficar sozinha quando chove.

Bastam cinco minutos de dilúvio dessa água densa, que não tem por onde escoar, pra gambiarra da fiação descascada do gato que a gente fez na eletricidade dar curto. E curto-circuito aqui é prejuízo, a boca é movimentada, e viciado não tem tempo ruim terremoto tsunami. Chegam aqui com tremedeira de rato de laboratório ensopado pra mais uma dose. Luz não pode acabar, a gente precisa fazer a mistureba maligna com material fresco. Nesse calor dos infernos as químicas viram uma lama, não gosto nem de pensar.

Cheguei no QG e já estavam lá os topeiras que enfiavam as patas sujas na matéria-prima remexida, antes de começar mais uma noite de delivery. O negócio que chega nas nossas mãos não chega nem perto da droga original. Num é nem prima, tia-avó ou vizinha, nenhum grau de parentesco, nada. É a mistura da mistura da mistura. O que a gente vende aqui é mentira. Mentira pura.

A pasta base chega fresca lá na casa do Macarrão, que começa com a palhaçada de acabar com o pedigree do pó: mistura ácido sulfúrico bicarbonato de sódio de cálcio e querosene pra refinar a pasta. É veneno, em cima de veneno. Imagina quando chega na nossa mão. Daí vai muquiado no meio das frutas da feira pra casa do Bola, que enfia mais merda no meio da massaroca. Deve jogar vidro moído farinha de maisena leite em pó... Não gosto nem de pensar no Bola metendo aquela mão gorda encardida e peluda, coordenada por aquele cérebro de fusível queimado. Coisa boa não pode sair. Depois fica dois dias na casa do Catuaba, que faz mais cagada ainda, e esse, sim, deve até moer giz pra dar volume na birosca, deve até mijar em cima dos tijolos, o sacana.

E depois do itinerário do mal, esse bagulho mutante vem pra gente, a preço de custo. Nosso negócio é simples: a gente pega a droga, que já está pra lá de alterada, e altera mais ainda pra fazer render.

Quanto mais farinha de qualquer merda a gente adiciona no bolo, mais a gente lucra, porque é isso que faz o negócio valer a pena. Droga pura não existe mais. Esse veneno que a gente repassa dá até medo de pegar na mão, imagina então cheirar. Ou fumar. Ou injetar.

Nem pensar.

Outro dia minha unha derreteu, sei lá que grude era aquele que tinham me dado pra secar e juntar na pasta, mas não tive coragem. Aqui ninguém usa, porque sabe a procedência do B.O., nem brincando dá pra arriscar dar uma acelerada pra brincar de Deus. O bagulho deve corroer o nariz amolecer os dentes dar pane no sistema nervoso.

O problema é descobrir que tipo de porcaria barata dá alguma sensação que chegue perto do barato original. É muita-criatividade-muito-estimulante-muita-maldade. Traficante bom é traficante careta. Tudo bicho ruim do último volume, não tá nem aí se matar o consumidor, quer é colocar o dinheiro dos otários no bolso e tirar onda de Hornet na Cohab.

Traficante não usa drogas, usa os usuários.

Já estava espalhada em cima da mesa de mármore preto a farinha mais amarelada do que branca, mais de pão do que de pó. O contraste daquele quase branco no preto, a balança pra checar as gramas, a TV muda no canal de notícias, o secador de cabelo, a

Anita com vestido de inox, tudo fazia daquele barraco catinguento o laboratório do demo.

Abri a Anita, peguei o pote com anestésico, coloquei sem dó na mistureba, porque a sensação de dente amortecido esse povo ia ter – isso se o dente não descolasse da gengiva de uma de vez. Tem muito estimulante vagabundo dando sopa no mercado negro, a gente só usa a ciência a nosso favor.

Juntei na balança 500 gramas de efedrina lidocaína cafeína e benzocaína com a benção da Anita. Tudo bem fresquinho, na temperatura perfeita. Juntei com o meio quilo de porcaria que tinha chegado em nossas mãos, e, em poucos segundos, virou quase um quilo venenoso da pior das piores drogas que o mercado poderia ter. Salpiquei a mistura final com remédio pra matar vermes e baratas, que destruía de verdade com os usuários, deixava eles de olho vidrado, como ratos dopados andando de um lado para o outro, suando, cheio de tiques e com uma tremedeira do além, completamente paranoicos. Era um lixo maquiavélico, que dobrava nosso lucro e os joelhos dos noiados.

Já era quase seis da tarde e a porcaria ainda nem estava empacotada nas cápsulas que a gente ficava pescando na rua, depois de uma noite de trabalho. Moleque passa aqui doente pra mais uma, usa aqui na escada mesmo porque não se aguenta de nervoso, depois descarta o pino vazio na sarjeta e sai acelerado com caganeira pra tomar um litro de pinga no boteco do Arlindo. A gente, que não é trouxa nem nada, paga cinco contos pra molecada do bairro ficar juntando a porcariada espalhada na rua, e, depois de passar uma água e o secador de cabelo pra não sobrar umidade, enche a cápsula de novo e vende pros mesmos trouxas, que voltam aqui a cada meia hora. É só lucro.

Viciado é bicho burro, fica, cego, atrás de uma dose. É fácil manipular a situação.

O Arlindo é nossa conexão. Quando o bicho pega no boteco, ele avisa pelo rádio que a área tá suja. E a gente espana os viciados da porta, que ficam dando peão em volta do quarteirão, abduzidos pelo veneno, até a poeira abaixar.

E depois recomeça tudo de novo.

Quando acabamos de encapsular e empacotar a pedra o pó o fumo a doença toda, foi que o noticiário reluziu as manchetes de enchente, de caos e afogamento da pátria. O que eram pra ser cinco minutos de refrescância, já se prorrogava pra mais de hora, e o sistema de saneamento e esgoto da favela não estava dando conta de escoar tanto saco de lixo fralda usada bituca de cigarro bagaço de laranja chupada.

A luz fibrilou no mesmo instante em que abrimos a porta do manicômio. A Anita deu um gemido horroroso de dor e nosso coração quase saiu pela boca vendo a agonia da nossa musa.

Começou o entra e sai. Em poucos minutos, nossa safra invadia o organismo dos clientes, que voltavam depois de alguns instantes para mais uma dose com os olhos vidrados, passos robóticos e pele emperebada. Era a mistureba de veneno que empipocava os coitados, o corpo expurgava o inseticida pelos poros, e aquilo inflamava, ia se transformando em furúnculos descamados de coloração azulada, um horror.

A gente sabia quem estava fudido de verdade pela qualidade da pele, dois dias seguidos usando aquela porcaria sem parar era a cota pra nego ficar estragado. E era desses maltratados que a gente tirava vantagem. Porque depois que o dinheiro acaba, a vontade de continuar no giro não passa, e então eles trocam as roupas pela droga. Depois que estão pelados e descalços, trocam os eletrodomésticos de casa. E depois que são expulsos de casa por causa justa, roubam celular na rua. E sabemos que quando um some, é porque foi enjaulado. E não vai voltar tão cedo. Imagina a família desses caras corroídos, se dissolvendo junto com eles.

Por isso a gente se veste tão bem. Roupa de marca óculos espelhado tênis fluorescente, relógio de brilhante. Corrente de ouro talheres de prata secador de cabelo, telefone último tipo.

A Anita chegou numa dessas e virou nossa mascote. O playboy arrastou a geladeira da mãe, que deve ter ficado forimbunda com ele. E não pensa que a gente paga preço justo pelo desespero das vítimas. Aqui é preço tabelado. Elas por elas. Um objeto por um pino. Foi o que pagamos pela nossa musa, a Anita. Uma cápsula envenenada, duas pedras e mais nada. E se encher o saco, leva um pé na bunda bem dado. Nego sai vitorioso e ainda pensa que saiu no lucro. Meia hora depois volta com outra coisa. E assim é o fluxo do nosso quartel-general.

No meio da madrugada o Arlindo passou o rádio.

São Pedro não estava de brincadeira.

No boteco, o caos já tinha se instalado. As coxinhas estavam ensopadas, os ovos coloridos boiando, a calabresa acebolada em banho-maria, os papelotes brincando de navio pirata.

Tinha água saindo pelo ladrão e ladrão saindo pela culatra. O entra e sai do banheiro tinha cessado, porque o vaso estava alagado e os descarados não mediram esforços para esticar a carreira em cima do balcão. A molecada que fumava pedra no breu tinha saído da toca, alagada, e buscava a luz do boteco igual mariposas abduzidas. O cheiro venenoso de plástico queimado com carburador de carro foi se alastrando e dominou o cérebro do povo.

Tava todo mundo ficando louco.

Às quatro da manhã, encostamos a porta sem trinco do laboratório do Dexter.

Foi um grito só pra espanar os viciados:

– Vaza que tá molhado, seus perebentos. Acabou o turno!

Aconteceu logo depois a fatalidade a calamidade a tragédia.

Ninguém arredou o pé da porta. Moleque quando tá no giro fica obsessivo, não desiste de pegar mais bosta nem a paulada.

A água não parava de subir, os fios descascados pendurados no poste resvalaram na enchente e deu pra ver o clarão seguido de um "bum" vindo da rua.

O Arlindo encerrou a balada e o povo alucinado saiu se esgueirando pelo muro que nem barata voadora.

No nosso quartel-general a movimentação foi agilizada: tóxicos pra dentro da geladeira e dinheiro empacotado direto para o cofre de segurança, localizado debaixo do inox descolado da porta do vestido da Anita – que não devia gostar muito do nosso atrevimento.

Tirei a garota da tomada e lacrei o corpo da dama com borracha de prensar maconha.

O esgoto transbordava a meio palmo do chão.

O secador, engatilhado na tomada aberta, cheia de fio exposto, imergiu no oceano de bosta. Deu um curto-circuito tenebroso, de soltar faísca e cuspir fogo. A eletricidade passou pra água, a água grudou na nossa perna e lá estávamos nós, estrebuchando no chão.

A Anita assistindo tudo sem se mexer.

Eu, caído de lado e com a boca cheia de espuma, pude ver atônito a molecada invadindo o muquifo e arrastando tudo debaixo do braço. A Anita foi sequestrada sem nenhuma gentileza, seu vestido se ralando todo no chão de cimento pisado, os estimulantes virando do avesso e os venenos partindo diretamente pro nariz dos futuros defuntos.

É um mercado de risco.

Eu já sabia que traficante tinha vida curta, mas nunca tinha sentido a vida entrando em curto-circuito.

É simples o sistema: dá pra ganhar muito dinheiro matando gente.

Mas dinheiro sujo tem a vida curta. E a regra vale pros dois lados.

PENSAMENTOS

"Engoli os gritos todos. As certezas, num gole gordo de água morna. Não, ninguém viu. Nem engasguei ainda e a dor na garganta seca de coisa não dita. Eu não disse isso. Mas acabou de falar que eu ouvi. Começou a paranoia. Mania de perseguição. Tem gente no viva voz, na outra linha, na outra cadeira da mesa. Não, não tem. É mentira então, tudo mentira, tudo coisa que não existe. Louca, está inventando tudo. Vingativa com todas as sílabas, mandona--mandona-mandona. Que é tudo deste jeito ou nada, que pessoa ruim ducaralho, egoísta encrenqueira duma figa, te ensinaram a ser assim. Vazia, quase se desfez em acento e encosto, agora uma desestruturada de uma figa, eu ouvi, eu ouvi, tô ouvindo, viu?

Enfia os pensamentos num saco caga dentro arremessa no vizinho.

Nem entendo, que escreve eu sei, mas trabalha com quê, perguntei da profissão porra...

Eu ouvi, tô ouvindo viu?"

TADASANA

Tudo começou com os comentários desmedidos do sacripantas fim-de-linha que trabalha no mesmo escritório que eu. Eu não sei o nome dele. Só sei que um dia cheguei no serviço e lá estava o trolha, com um sorriso amarelo estampado na fuça roliça, alojado numa escrivaninha toda chinfrosa bem na minha sala. Nunca dei moral pro filhote de coruja, não sou de dar intimidades, de me enturmar, contar a vida. Essas convenções sociais patéticas, tipo sair e tomar uma gelada com o colega depois do expediente não aconteceu, nem nunca vai acontecer. Não gosto dele de graça, sou do tipo resguardado come-quieto, que não dá moral pra cu-de-ampola que emerge do nada e acha que é seu amigo de infância.

O que eu sei é que de vez em quando o romântico fica olhando com cara de prostrado pro porta-retrato rococó que fica em cima da mesa e que não me sinto nem um pouco interessado em saber quem é, contanto que ele fique mudo e não encha meu saco. Também deduzi, por lógica pura, que se separou recentemente, porque tem marca de anel no dedo. Marca que ele deve ter conseguido num pacote de viagem da CVC pra Jericoacoara, que ele deu de presente de lua de mel pra falecida, que provavelmente odiou a emboscada — não consigo realizar que tipo de mulher na face da Terra poderia se sentir interessada naquilo. Nem quero saber, sou imensamente agradecido à fulana, pois a melancolia do sujeito promove uma imensidão de distância entre a gente. A megera foi generosa comigo ao ter dado no cafetão um pontapé no meio da bunda com bota de couro de bico fino.

Deve ser ela, no porta-retrato, mandando ele tomar no cu em grande estilo.

Acontece que, de uns tempos pra cá, ele se sentiu no direito de me dar tapinha nas costas, oferecer café tremido, piscar todo malandro quando a secretária protótipo de boasuda passa pela porta de rabo arrebitado, com a bunda latejando e as tetas derramadas pra fora do decote. Uma podreira descomunal. Mas como ele está fudido e mal pago porque entrou no mercado de carnes e caiu no matadouro recentemente, atira pra todo lado. É bem do tipo que come anã. Dá pra perceber pelo perfume de puteiro que ele borrifa até no cinto da calça e pela corrente de prata perdida nos tufos de pentelho que saem pela gola da camisa.

E agora deu de me corrigir, acredita? O cara acha que é atleta mas é do tipo que não faz porra nenhuma, só fica injetando anabolizante de cavalo na veia pra ficar com o pinto duro. Se eu espetar o bolha com uma agulha ele murcha, que nem saco de idoso e bexiga de fim de festa.

É só a capa. Por dentro deve ser todo embolorado, as perebas no pescoço caguetam as químicas sendo expurgadas, umas bolas de pus horrorosas, só garota de programa do Largo da Batata que lambe isso, e ainda lambe enojada. Devem cobrar o dobro.

Mas não.

O Mister Universo me corrige com pontuação de personal trainer, como se estivesse me fazendo um grande favor ao ficar me estorvando, enquanto eu digito contratos de merda que não me dão lucro nenhum.

– Olha as costas, endireita que tá corcunda, joga pra trás essa escapula, seu pulmão tá esmagado, senta reto, presta atenção na cintura, vai aumentar a barriga. Tá feio, parece um corcunda, levanta esse rosto, olha por cima, assim só vê o chão e perde a paisagem, projeta seu tórax pra frente, postura de macho alfa, assim num vai pegar ninguém, tem que se colocar, chegar-chegando, ocupando espaço, assim você vai apanhar de skinhead no metrô.

Que paisagem?

Que macho alfa?

Que skinhead?

Que filho da puta!

Agora me dei conta que chego em casa e fico me olhando no espelho de perfil, de costas, de cócoras, o cara me contaminou com esse papo afetado de tarado punheteiro que fica olhando pra músculo de homem em banheiro de academia.

Meu físico invejável de jogador de paciência nunca me deixou paranoico. Mas outro dia fui tentar olhar minha jeba depois do banho e percebi que minha barriga virou um calo sexual, uma protuberância pornográfica, e, mesmo sendo magro de dar dó, minha coluna côncava e minha lombar convexa não estão falando a mesma língua.

Minha escoliose chegou no seu ápice.

Ou meu pênis encolheu.

Por isso me inscrevi nessa aula de ioga. Diz a lenda que ioga ajeita gente torta. Meu lado espiritual não vem ao caso, não estou atrás de um portal que me leve pra outra dimensão. Quero olhar meu pinto de cima. É isso.

A primeira façanha foi achar uma aula de ioga compatível com meu biotipo.

Eu não podia imaginar quantas vertentes de ioga existem. Ioga aquática, tântrica, aérea, power-ioga, soft-ioga, hot-ioga, Ayengar, Ashtanga, De Rose. O bagulho parece uma seita.

Peguei a que dizia ser a ioga do alinhamento ósseo, acho que era esse meu caso. Mas fiquei bem cismado com a tântrica, deve ser um bacanal desenfreado, essa coisa de dar a bunda pro mestre em posição de lótus invertida não me convence.

Seis da manhã foi o horário que dava. De noite não presto, chego em casa podre e só quero sentar no sofá de perna aberta e comer macarrão da Mônica, enquanto assisto *The Big Bang Theory*. É meu ritual.

Botei o despertador pra cinco e meia, e, na hora de me vestir, veio o drama: que roupa a gente usa numa aula de ioga? Pijama? Alguma coisa que estique, que seja confortável, que não marque meu pinto envergonhado. Pijama mesmo, às cinco horas da manhã ninguém é gente, o povo da ioga deve ser desapegado, ninguém ia perceber que dormi com a roupa do treino.

Bati uma xepa de ovo frito, Froot-Loops com leite, duas rabanadas amanhecidas e uma cumbuca de café com bastante açúcar.

Energia pura.

Eu não podia imaginar que ioga se pratica em jejum. Cheguei lá, o povo tomando chá de gengibre e eu arrotando ovo. O Froot-Loops se desentendeu com a rabanada, fermentou no café melado e deu ziriguidum na minha flora intestinal. Tive que dar um cagão quântico no banheiro que cheirava verbena, e quando saí ficou com cheiro de cozinha de boteco, em dia de rabada com mocotó. Nem preciso dizer: se alguém teve vontade de mijar no meio da aula, ficou passando vontade. Só faltou a placa na porta: interditado.

A aula começou. O mestre foi claro, eram dez minutos de meditação para poder limpar a mente de problemas e pensamentos cotidianos e entrar nas posturas com consciência limpa.

Eu não sei meditar. Eu sei relaxar, e, quando eu relaxo, eu durmo. Então me deitei no colchão e meu relaxamento foi tão grande que meu intestino se sentiu em casa e o que era pra ser um pum silencioso, saiu no formato traque-metralhadora. Realiza o estouro. Minha vergonha foi tanta que adormeci, pra não dizer desmaiei, e só acordei depois de dez minutos com meu próprio ronco. O povo deve ter ficado forimbundo porque é complicado meditar quando tem um animal peidando e arrotando do seu lado. Duvido que alguém tenha ficado com a mente livre de pensamentos cabeludos. Deviam estar me mandando pra putaqueopariu em mantras espirituais.

Daí começou a palhaçada.

Deviam ter me avisado que pra fazer posturas transcendentais eu tinha que ter feito um curso rápido de anatomia.

– Alinhem sua coluna com o topo da cabeça.

Isso eu entendi. O que veio depois é que foi enigmático.

– Patelas pra dentro, alinhe o cóccix e sugue o períneo em direção ao umbigo.

Entendeu o drama? Primeiro eu não sei em que parte do corpo se encontra a patela, muito menos que eu podia sugar alguma coisa em direção ao umbigo.

Daí eu fiquei que nem um retardado olhando pro pé, tentando escutar uma voz divina que me dissesse que a patela estava por ali. O mestre andou plenamente até mim, o otário, e apontou a rótula. Eu não sabia que patela era a rótula. Porque o iluminado não falou "rótula" de uma vez? A parte do "sugar o períneo" me deixou desconcertado, porque não tinha a mínima ideia de que o tal períneo era aquele espaço perdido entre o ânus e as bolas, e que sugar era a mesma coisa que fechar o olho do cu com força, como se ele fosse subir pela barriga e ejetar pelo umbigo. Depois até fez sentido.

– Alinhe a crista-ilíaca com a ponta do dedão do pé, dê espaço entre os dedos, deixe eles respirarem. Escápulas pra trás e externo pra dentro. Relaxe o pescoço, gire a tíbia, mantenha o músculo da coxa tencionado. A postura da árvore parece ser a postura mais fácil, mas não é, exige uma consciência corporal intensa.

Percebe o drama da situação, a complicação que sujeito armou?

A postura era só ficar de pé que nem um poste, e eu descubro que tenho uma crista, que não é na cabeça, mas no quadril, que eu tenho o poder de girar minha tíbia, que dedos respiram e que eu não sei ficar de pé.

Foi muita realidade em dez minutos.

Nesse instante de desilusão total, o iogue Track&Field da minha frente, que suava em cachoeiras – nem sei como nem porque alguém sua pra ficar de pé –, deu um giro cinematográfico pra alongar sei lá que parte e respingou, em câmera lenta, gotículas nojentas de esforço dentro da minha boca, que estava aberta desde que a aula começou, e dentro do meu olho, causando uma cegueira imediata. Fora a ânsia de vomito, o desequilíbrio seguido de uma vertigem, um teto-preto descomunal e a costelada inevitável no chão.

Caí.

Que nem uma árvore quando é degolada por uma serra elétrica. Agora eu tinha entrado mesmo em sintonia com meu corpo. Por isso o nome cretino da postura, Tadasana, a postura da árvore.

Foi o único instante que minha mente ficou vazia. Acho que eu tinha meditado pela primeira vez em toda minha vida.

Não aguentei o tranco da aula e pedi arrego na metade do primeiro tempo.

O guru se sentiu na obrigação de me levar até a porta depois de eu me estatelar na postura mais besta que existe. Me ofereceu chá, duas opções: gengibre ou limão com mel. Eu queria mesmo era um milkshake de Nutella. Será que tinha no cardápio ou pegava mal perguntar?

Apontou o banheiro pra ver se refrescava minha memória ou se eu já tinha me esquecido do defunto que tinha depositado no vaso, mas eu não caí na armadilha. Agradeci e fui saindo manco.

Ele se posicionou todo elegante, uniu as mãos em frente ao rosto e me deu o velho "namastê" típico da raça. Mas eu percebi pela baba seca e sacana no canto da boca que o que ele quis mesmo dizer foi "vai se fudê" num dialeto oriental.

Entendi a mensagem.

Fui embora com as costelas dichavadas e um sensação de que minha escoliose tinha desandado de vez.

Cheguei no trabalho, e o estapafúrdio sorriu desentendido ao me ver andar como uma múmia. Me parabenizou pela postura, pela concentração ao dar os passos, pela conscientização corporal, que de um dia pra outro brotou junto com duas costelas trincadas.

Pois é.

A ioga mudou a minha vida.

TERAPIA

Vou entrar.

Eu já vim até aqui, agora tenho que entrar.

Então entra.

Não, não entra, não cai nessa de novo, vai sair injuriada.

Entra logo, porra. Vai, coragem. Como se não estivesse acostumada a ser analisada, inclusive tua família é especialista nisso. Entra, sua psicótica. Entra logo que essa mulher não morde, deixa de ser neurótica, ela é fichinha perto do que você encara em casa.

Tá, vou entrar. Deixa eu dar uma respirada funda. Preciso de fôlego pra ficar sentada escutando lorota. É dose. Vou engolir meu orgulho na base do cuspe e entrar nessa joça, sério. Pra quem não vinha de jeito nenhum, eu até estou indo bem. Vou inflar o pulmão, melhorar a postura, dar uma estabilizada no diafragma, pose de pomba-gira. Pelo menos pinta de foda, de decidida, de resolvida, eu sei fazer.

Quer saber? Sem chance. Não vou entrar.

Eu já tinha decidido que não ia entrar, é o cúmulo da burrice. Eu não acredito que eu voltei nesse lugar, tô frustrada comigo, eu preciso reagir gente, eu jurei que não pisava mais aqui. De que adianta essa terapia de meia-pataca, essa análise meia-boca, essa mulher toda-depressiva, toda-errada, toda-coisenta querendo dar palpite na minha vida, fico aterrorizada.

Sem chance nenhuma de eu colaborar, co-la-bo-rar, olha só que mulher cretina, que palavra antiquada, metódica, chata. Toda vez é a mesma coisa, a esquisita pede que eu colabore com aquela boca-de-ovo, boca-de-caçapa, boca-mole, nariz empinado de quem entende – e entende nadinha-de-nada que eu sei –, que ela sabe, que a secretária sabe, que todo mundo sabe. Credo. Olhar de doutora tolerante-elegante-centrada. Cara-de-bosta, isso sim. Se eu der um tapa nos óculos de doutorado-feito-nas-coxas dela, a máscara cai, por baixo sobra nada, deve ser vesga estrábica e zarolha a coitada.

Toda vez é a mesma coisa o mesmo drama a mesma ladainha, que lixo de pessoa que eu sou, Jesus, eu não me levo a sério, nem minhas vontades eu respeito, é o fim, eu preciso muito mesmo de terapia, terapia intensiva, terapia ocupacional em tempo integral, minha mãe estava certa, que raiva.

Preciso seguir mais minha intuição, meu sexto sentido, meu feeling. Poxa vida, tem coisa que a gente sente no umbigo, sabe, quando não é pra ser, não é pra ser, aceita e ponto, semana que vem não vou vir. Não mesmo. Esta é a ultima. Ultimíssima.

Vai, lesma, aperta a campainha. Essa mão mole esse corpo sem tônus, sem vontade. Afunda o dedo no botão com fé, pelo amor de deus minha filha, que sofrimento, por que tudo na sua vida é esse sofrimento miserável?

Apertei.

Droga.

Por que eu apertei?

Não acredito que eu apertei, que eu estou aqui, que eu voltei, que decepção.

Agora já era. Abriu a porta. Ai, saco.

– Oi, tudo bem?

Tudo sim, tudo a mesma merda de sempre.

Essa secretária saiu de desenho animado. Eu não aguento olhar pra ela, juro, me dá vontade de ter um ataque de riso. Ela pensa que eu não percebo, mas fica me olhando de rabo de olho. Olha lá, olhou, até ela tinha certeza de que eu não punha mais os pés aqui, deve ter tido um bolão com apostas gordas de que eu não voltaria. Se deu mal, sua perdedora, per-de-doooo-ra.

Vou ficar encarando ela, agora quero ver, ela vai se caguetar que está me espionando-bisbilhotando, essa alcoviteira. Sabia, até abaixou a cabeça, safada-de-uma-figa, que foi, perdeu a aposta, foi? Esse cabelo vermelho desbotado horrível no cocuruto. Nossa, a raiz preta toda ressecada é que destrói com tudo, parece aquela amiga do Scooby-Doo de óculos e cabelo chanel, sempre investigando casos impossíveis. A Velma, nossa, ela é a cara da Velma, a Velma depois de um acidente de carro, toda esquisita, toda neurótica, toda solteira, toda-toda.

Não ri, pelo amor de Deus não vai ter um ataque de riso aqui, se controla mulher. Eu sou bicho ruim quando eu quero, mexe comigo não, Deus me livre ser minha inimiga.

Está fingindo que está lendo, a palhaça, nem tem nada na mesa, o olho nem mexe, ela nem respira, nada, qual foi? Será que a doutora falou alguma coisa, falou mal de mim, falou que eu não co-la-bo-ro, que eu sou problemática de nascença, mandona-irreversível, instável e desequilibrada? Certeza que falou, ai, que boca de latrina essa desaforada dessa doutora, essa despeitada, essa...

– Pode entrar, a doutora chamou.

Duas batidinhas rápidas na porta, como sempre, e aquela esperança enorme de ela não responder, de ela estar estirada no chão da sala em cima de uma poça de sangue, morta-da-silva. Aí eu vou olhar pra Velma e vou dizer: morreu, hoje não vai ter consulta. Daí ela, o Scooby-Doo e o Salsicha vão tentar solucionar o caso. E eu vou embora. Dando risadinha.

– Pode entrar.

Droga. Tá viva.

Tá viva e com a mesma camisa da semana passada. Trocou o esmalte a cor da calça – porque o modelo é sempre o mesmo, ela só usa calça pula-brejo, inclusive, de um mau gosto, precisava dizer isso –, mudou o penteado e a cor do cabelo, graças a Deus, que os fios brancos estavam me deixando hipnotizada, sabe, quando não dá pra tirar o olho daqueles fios espetados? Me atrapalhou muito na última sessão, de verdade.

Eu não aguento esse olhar penetrante dela, fixo, parece que está olhando através da minha cabeça... Peraí, deixar eu ver o que tem atrás de mim, um quadro feio, horrendo, que dedo podre pra escolher arte. A doida acha que pode ler pensamento ou o quê? Ela deve ter feito curso num centro espirita também. Psicóloga--espírita-vidente-petulante, era só o que faltava, a cereja do bolo. Que dedicada. Me sinto pelada com a visão raio X dela, será que se eu perguntar a cor do meu sutiã ela adivinha?

Começou o interrogatório.

O que ela quer saber exatamente quando pergunta se está tudo bem: se eu estou bem, se eu quero estar bem ou se eu continuo fingindo que está tudo bem, mesmo estando tudo péssimo? Lógico que não estou bem, nada está bem, inclusive nunca esteve, na semana passada estava ruim, nesta está pior e a tendência é se agravar, satisfeita?

– Tudo normal.

Ela, óbvio, faz cara-de-quem-não-acredita, de pouco-caso, de conta-outra-que-essa-é-velha, de eu-te-conheço-minha-filha. Daqui a pouco começa a falar da dificuldade que eu tenho com minha família e com o resto do mundo – sempre tomando comida de rabo de todo mundo, mesmo quando não fiz nada, fodida e mal-paga desde sempre – do meu medo de ser assertiva nas situações e de não me colocar, mesmo quando tenho razão. Aquela porrada homérica de carro no estacionamento, por exemplo, não foi culpa minha e eu paguei só pra não discutir, afinal ninguém merece armar barraco às seis horas da manhã, eu tenho seguro pra isso, oras, que-se-dane. De expor meus medos mais banais, mais desnecessários e etecetera e tal – de cachorro, de padre, de palhaço, de manicure – lógico, a mulher tirou uma lasca do meu dedão junto com a cutícula, com aquele alicate sem esterilização que foi o cão, depois a unha encravou e ficou inflamada pra mais de mês, e eu andando de chinelo pra cima e pra baixo que não tinha maneira de vestir sapato. O trauma de relacionamento – essa é boa, quem não tem, quem nunca se sequelou com um José ou um João, e no meu caso também com o Miguel, com o Catuaba, o Airtão, o Zeca e o Renato Sintomas, esse último em especial, o rei dos filhos-da-puta, isso que ele era, ô sujeito cafajeste. Não tem quem não fique com o rabo na mão de se envolver hoje em dia, tudo tão superficial, tão imediato, tão cibernético – garanto que ela é solteira, a gente nunca falou sobre isso, mas sem esmalte, sem anel, sem batom, sem perfume, nem precisa me dizer nada, precisa?

Esse sofá é muito desconfortável, muito mesmo, ela devia descontar do preço da consulta o valor do massagista, sério, devia incluir no pacote meia hora de relaxamento.

Impressionante como ela fala.

Parece que passou metade da vida muda, como se eu fosse surda, olha quanta mímica, que mão mais ossuda, mais feia, mais sem anel, sem esmalte, como ela gesticula a mandíbula, parece uma metralhadora, parece que está mastigando borracha, faz mais de cinquenta minutos que fica tagarelando pelos cotovelos, que coisa impressionante. Está explicado o porquê das rugas no lábio dela, parecem calhas. Por isso não usa batom, está resolvido o mistério, vou avisar a Velma que esse eu solucionei, imagina a cor derretendo, escorrendo pelas calhas até a base do nariz, que trauma.

Por que ela está me olhando e balançando a cabeça, hein, que mulher maníaca, devia trabalhar dando show de mímica. Olha que desenvoltura impressionante, o que ela está tentando fazer, levando a mão até a boca, seguido de um balanço na cabeça, cinco segundos para adivinhar, a roleta está rolando...

– Oi, café? Aceito sim.

E lá vem a Velma, a indiscreta Velma, a bisbilhoteira Velma, segurando a bandeja e o olho comprido. Curiosa de dar dó, essa aí. Olha a pescoçuda tentando enxergar as anotações da maníaca, que figura.

Tá se aproximando, se aproximando muito.

Pelo amor de Deus, que mau hálito dos infernos a Velma tem, que que é isso, não precisava chegar tão perto pra perguntar, a essa altura tanto faz açúcar ou adoçante minha querida, eu quero um nariz novo por favor. Parece que lambeu a bunda de um macaco, isso é caso de tomar remédio, de chamar o bombeiro, de se exorcizar.

– Adoçante, mas pode ser açúcar, tanto faz, juro. Qualquer um.

Engole o riso. Engole. Segura os dentes dentro da boca menina, que ridícula, não dá gargalhada. E as lágrimas escorrendo pelos olhos e o nariz vermelho e eu me retorcendo pra não rolar de rir, que pesadelo esse bafo de defunto, socorro, ajuda, estou derretendo, um lenço, dois, uma máscara de gás por favor!

– Que é isso? Não precisa ter vergonha não, é difícil mesmo, pode chorar sem medo.

E a doutora ainda me solta essa? Se controla levanta e vai embora, vai, aperta o passo segura a risada, engole esse choro e não olha pra trás. Por Deus. Terapia da risada, que que é isso... Semana que vem eu volto. Juro. A Velma vale cada centavo.

A EMPATA-FODA

Hora do almoço. (Embora ela não tivesse almoçado ainda.)

Saiu de casa correndo.

De novo.

Trocou a roupa salpicada de papinha, arrumou a mochila do moleque: brinquedos fraldas Hipoglós macacão meia mamadeira biscoitos e cobertor.

– Vai saber se chove!

Arrancou a calcinha e o sutiã azedo de leite numa rebolada só e vestiu o biquíni corroído pelo cloro.

– Sem elástico nenhum, sexy pra caramba.

Era o que ela achava.

Se olhou no espelho de perfil, de costas, de lado, de cócoras, olhou as rugas da testa bem de perto.

– Puta merda, eu odeio sol!

E se achou mais gostosa do que dez anos atrás.

– Caramba, a maternidade me fez bem, vou ter mais dois...

Pensou num impulso e já dispensou na sequência:

– Sai fora!! Nem sei como a mulherada que tem o segundo filho esquece do perrengue todo.

Arrumou a mochila de natação sem pensar, como sempre fazia: toalha água hidratante pé de pato calcinha limpa absorvente.

– Só falta eu ficar menstruada no treino!

Sabonete, sutiã zero-bala e protetor de seios.

– Porque quando vaza leite molha até as calças.

Sentou o moleque no cadeirão, enfiou a papinha de legumes na goela dele, cantou Galinha Pintadinha três vezes. Sabia de cor. Já tinha um zumbido permanente da tal da galinha dentro da cabeça.

– Será que estou esquizofrênica?

E pensava isso quase sempre na hora do banho, enquanto escutava um choro que não existia.

Esvaziou um Danoninho em duas colheradas na boca com dois dentes do glutão. Enfiou o guri de cadeirão e tudo no carro, ligou o ar-condicionado.

– Que calor escroto, Senhor! O mundo tá derretendo.

Parecia mesmo que o mundo estava derretendo.

Jogou as mochilas e a paciência no porta-malas. Deu partida no carro concentrada, o horário comendo solto, não dá pra chegar atrasada sempre. Tempo recorde: desovou o guri, cadeirão, mochila, cobertor e um pouco da ansiedade na casa da Dinda.

– Como é bom andar de carro sozinha, pensar sozinha, falar sozinha.

Falava sozinha o tempo todo.

Já tinha esquecido como era bom. Tinha esquecido disso e de muitas outras coisas.

Esqueceu também que um dia, um dia que não havia filho ainda, ela ia e voltava sem dar satisfações.

Achou que ia dar tempo.

Achou mesmo.

– Hoje vai, porra!

Ligou o jazz e sorriu.

Achou mesmo que ia dar tempo, coitada.

No clube não achava vaga, como sempre.

– Esse horário da saída da escolinha dá vontade de morrer, ô clube escroto!

Reclamava, mas vivia no clube. Não tinha um que não a conhecesse.

– Preciso de uma vaga na escolinha, putaqueopariu, preciso de uma vaga na escolinha, dizem que demora pra conseguir vaga, bosta, preciso de uma vaga na escolinha.

Era sua prece diária, desde que teve filho.

No meio da prece deu ré num conversível transparente, que apareceu do nada, e quase acachapou a bunda do seu carro zero no filha da puta, que meteu a mão na buzina sem dó.

– Graças a Deus esse bosta buzinou, de onde surgiu esse desgraçado, será que o seguro já foi pago? Ai, merda.

Desceu trotando alucinada do carro, amaldiçoou o coitado do motorista da picape blindada que não saía da frente.

– Sai da frente, corno, eu tenho horário!

Achou que falou baixo, mas ele ouviu, pela cara de espanto, ele ouviu...

– Corno!

E saiu correndo. Como sempre.

Passou pela catraca desembestada.

Atravessou o clube afobada.

Chegou no vestiário suando.

Fez xixi sem-respirar.

– Acho que vai dar tempo, não acredito que vai dar tempo, será que vai dar tempo?

Tirou a roupa de uma vez só.

– Puta merda, esqueci a touca de natação, meeeeeerdaaa.

Achava uma maldição esquecer a touca, aquele cabelo no olho, odiava.

Trocou duas palavras com uma amiga do jeito que dava.

– E aí, tudo bem?

– Tudo. Seu bebê tá bem?

– Tá.

– Fiquei sabendo do livro, parabéns, escreve pra caralho!

Mentirosa, nunca leu porra nenhuma...

Não teve certeza se falou ou só pensou essa última frase.

Virou de costas pra encerrar o assunto, não quis ver a reação.

Jogou a mochila no balcão-de-guardar-mochilas, esbaforida. Pé de pato na mão, toalha se arrastando no chão.

– Não tem ninguém pra guardar essa merda?

Desgrama, essa Tia que some na hora de guardar a mochila. Caramba, cadê a Tia, alguém sabe da Tia?

Tocou a campainha-de-chamar-Tia.

A Tia-da-mochila chega atarantada tem criança pra todo lado tem babá pra todo canto tem mochila espalhada mãe pelada gritando com filho, é o caos esse banheiro.

– Bosta de clube!

E esse pensamento saiu alto.

Ela olha no relógio da parede, embaçado, faltam dois minutos.

– Poxa Tia! Guarda aê, tô atrasada, tô subindo tá? Brigada hein. Tia desgraçada – isso falou baixo, será que foi baixo?

– Bosta! – dessa vez baixo, tinha certeza.

Estava a alguns passos da piscina.

Sentiu o bafo de cloro grudar nos pelos do braço. Ouviu o apito do treinador adestrando a molecada.

Foi na escada mesmo que ela ficou emperrada. Que o sonho acabou. Que ela percebeu: não ia dar tempo.

A fulana, que não fedia nem cheirava, empatou ela no sexto degrau, quase na catraca, quase-lá.

– No sexto degrau, acredita?

Que mulher féladaputa. Esse foi interno.

Não se conheciam. Só de vista. Quase todo mundo se conhecia de vista. Quase todo mundo achava que se conhecia. Mas ninguém se conhecia de verdade, isso deixava ela incomodada.

A empata-foda:

– Você não era aquela grávida, aquela que treinou até o último dia de gestação, que todo mundo comentou, que não tá nem aí pra o que todo mundo comentou, que continuou treinando até a barriga explodir? Parecia que ia nascer na água, tinha até aposta feita!

Falou bem assim.

– Sou (sua tosca do inferno).

Resposta curta e grossa. Na verdade, quase não parou pra responder. Não queria parar.

Mas a maluca insistiu, colocou o corpo na frente pra tapar a passagem, ela teve que puxar o freio.

– Caramba, seu corpo voltou pro lugar mesmo. Poxa, tá definida, que genética abençoada hein...

Ficou com aquela cara de vai-se-fudê que poucas pessoas entendem, sabe qual? Cara de paisagem, sem expressão, sem nada, de pouco-caso.

Então. Não satisfeita com a não resposta, a maldita continuou.

(Maldita maldita maldita.)

Estava ficando enfezada, queria meter a mão na cara de sonsa daquela bisbilhoteira.

(Alcoviteira empata-foda jumenta inconveniente.)

E mais um monte de coisa que passou pela cabeça-podre dela.

– Então, mas conta pra gente qual o truque – deu uma piscadinha nojenta, sabe?! De amiga confidente? De otária, isso sim. – Qual o nome do milagre que você está tomando, dá pra manipular? Certeza que dá.

Contou até três. Achou que ia conseguir ser delicada, achou que ia dar uma resposta educada, fina, feminina. Não conseguiu. No quarto segundo foi um impulso só até a empata-foda sair de lá com a feição perplexa. Quem mandou insistir?

– Tomo sim, todo dia.

– O que hein? Essas coisas não vendem em qualquer lugar, vendem?

– Suco de porra. Cheio de hormônio. E tem sim, em qualquer lugar. Dá pra tomar até deitada. É só chacoalhar.

(toma essa, sua estúpida!)

A tonta:

– ....

Subiu as escadas. Pulou na piscina, mergulhou fundo, encostou a bunda no azulejo, ficou uns segundos fingindo de morta e gritou:

– Puta que eu pariu, porque eu não fiquei quieta?

Quinhentos metros de crawl sem pé de pato contando tempo. Ainda tinha que girar na raia com mais dois elementos. Isso que dava chegar atrasada.

O treino, óbvio, já tinha começado.

TDHA

Atrasado. Chegou atrasado de novo e não foi minha culpa.

Peguei ele na porta do prédio, como combinamos. Dois palmos de cabelo encrespado cobrindo o rosto, bigode molhado, camiseta encardida virada do avesso, um suspiro de mau humor de pré-adolescente insatisfeito com seus três pelos pubianos, e um cheiro de sovaco vencido que pelo amor de Deus. Uma coletânea rara de todos os azedos mais indecentes que existem no perímetro de Cubatão até Santos. Me direciona um "oi" arrastado de entonação suspeita, banhado no hálito de estômago ácido que atravessa a garganta preguiçosa num ato heroico. E, embora com a janela escancarada, por causa do cheiro desgraçado e da cara de enterro, não pude engatar a primeira da libertação. A marcha do vento na cara. Do fim do sufocamento. Notei a mochila da escola do lado de dentro da portaria. Imunda, entre o muro e a grade, caída de ponta cabeça com cara de abandonada a troco de qualquer borboleta mais interessante.

Falta nada?

Como assim.

Presta atenção, a mochila.

Ah.

No porta-luvas do carro, a banana enrolada no alumínio esperou guerrilheira seu fim eminente. Quase desceu com casca. Três mastigadas e duas amassadas de língua contra os dentes cheios de ferro. Engoliu duro e empurrou com água. O arroto de satisfação saiu pelo nariz e empesteou o carro com o cheiro do frango frito caprichado na cebola. Não sei de onde vem tanta fome.

Frango de novo?

Acebolado. Coberto de ketchup.

Um nojo esse percurso casa-escola. Sete minutos e tantos cheiros duelando no mesmo ambiente por uma fresta qualquer. A definição única de todo meu desespero é: falta espaço pra tanto cheiro.

Na porta da escola o alívio. Quinhentos segundos de convivência, pra mim, são suficientes pra saber que um fim de semana inteiro é inegociável. E é isso.

Desce moleque. Se cuida. Se der problema, liga. Te conheço.

Tá. Mesmo número, né tia?

É. O mesmo dos últimos cinco anos. Tchau.

Do lado de fora do carro parou estagnado de bunda pra janela. Mochila desbotada nas costas corcunda e uma posição de perplexidade de quem deixou o cheesebúrger cair no chão.

Quê? Entra logo. Tocou o sinal.

Três segundos de cabeça baixa e a virada engessada seguida de um olhar penetrante de quem quer anunciar a pior notícia da tarde. Que por sinal me desconfigurou.

Que foi?

Esqueci de pôr tênis, tia. Tô descalço. Não vão me deixar entrar.

Ah.

Silêncio. Silêncio bruto. Minha vontade foi sair gritando, chacoalhar o moleque e evaporar. Mas não, 14 anos, a mais esquisita das idades. Nem criança, nem gente. Uma confusão entre espinha e brotoeja, arrepio e tesão, *Harry Potter* e *Crepúsculo*. Pura turbulência hormonal. Um caos. Eu também já tive, nem adianta discutir. Falar o quê? "Moleque, seu burro, como você consegue esse tipo de proeza? Esquecer o tênis, esquecer a mochila, tudo, como?" É. Não tem argumento. Dá pra ver que nem ele entende como. Nessas horas, o bom senso me diz que é melhor ter paz do que ter razão.

Sobe.

Acelerei com fé. Baixei sessenta segundos do meu tempo recorde. Um minuto a menos em alguns casos é o que faz a diferença entre sentir ânsia ou vomitar. O moleque atrasado, elevador não está no térreo, espera a geringonça, sobe em casa, a chave ficou na mochila no carro, desce, espera a geringonça, sobe de novo, a porta emperra, cinco minutos pra girar a chave, põe o crocs desbotado, desce, esquece a chave na porta, sandália não pode, sobe de novo, coloca o tênis, tranca a porta, chave no bolso, sente o bafo no espelho do elevador e senta mudo ao meu lado. Suando vinagre azedo e chulé mofado de tênis velho. O bigode pingando. A camisa ensopada no sovaco. Fedendo três vezes mais que camelô da 25 de Março. E arrastando um pum companheiro que soltou no elevador 13 segundos antes, resultado da tensão que a situação toda causou.

Vai mal a digestão, companheiro?

Hoje não fiz cocô. Travei.

Ah. Tô sentindo.

Além do mais isso. Fiquei numa nuvem de cheiros bizarros e travei a respiração para não dar um trago no oxigênio tóxico. Muda, para evitar o contato da língua com os germes. E tentei diminuir dez segundos do meu tempo recorde a favor da minha sanidade. Confesso que nem sei se fui bem-sucedida, o vidro do cronômetro do meu relógio embaçou. Parei na porta da escola e desci do carro para tomar fôlego e iluminar o espírito, que estava descolando do corpo. O menino saiu do carro aliviado. Tropeçou no cadarço, ajeitou a mochila, chacoalhou a cabeleira, coçou a bunda, olhou pra trás, deu um sorriso despreocupado e acenou todo torto, segurando a bermuda sem elástico com a braguilha toda aberta.

Tchau.

Tchau moleque. Amanhã te pego de novo. Vamos tentar chegar na hora.

Tá. Te amo.

Se arrastou escola adentro.

CRIADO-MUDO

Outro telefonema. Mais uma resposta da minha investida num site de relacionamento.

Foi assim: um dia, o link abriu misteriosamente na minha página. Parecia sinal do divino. Nunca nenhum desses encontros deu certo. Sem chance. Eu não atendo número desconhecido. Nem os conhecidos eu atendo. Não escuto tocar. Faz semanas que o aparelho é apenas uma luz piscante estagnada em cima do criado-mudo. Eternamente no modo de vibrar.

Devem pensar que eu morri.

Vinte e três recados na caixa postal. O acumulo é tão grotesco que às vezes me dá fadiga de acessar. Escuto o primeiro segundo de cada mensagem e apago. Só me interessam as primeiras sílabas. Consigo identificar pela voz. Se for um tom desconhecido, fico animada. Gasto horas especulando a probabilidade de dar certo um encontro com uma pessoa que eu nem conheço. Essa é a graça.

– Alôu?

Opa! Um alô meio ridículo. Bastante indeciso. De uma timidez contagiante. Decididamente havia uma tremedeira súbita na corda vocal.

– Fiquei bastante interessado no seu perfil.

Hum, meu perfil falso. Só a foto é minha. Criei uma mulher que tem uma estopa no lugar do cérebro. Que assiste filmes americanos na base da pipoca amanteigada, faz ioga de calça jeans na Praça do Pôr do Sol e trabalha num centro de estética. Descolada, mas não culta, esportista, mas não fanática, quarentona, mas não acabada. Amplia as possibilidades. Atrai uma legião de esquisitos dos tipos mais variados.

—Topa uma cerveja no fim de tarde?

Desliguei. Mais um bastardo. Odeio bebida alcoólica. Tenho horror de gente que bebe. Eu sei, isso me limita a dois por cento da população. Na minha opinião, dois por cento que valem a pena. Não tenho nada pra trocar com um sujeito que precisa de estimulante pra falar. Daqueles que começam a rir alto depois que perdem o filtro. E ficam olhando para as mesas do lado em busca de aceitação. Sabe o tipo que se sente macho só depois da terceira rodada? Então.

Happy hour me deprime. Muita gente falando ao mesmo tempo, um festival de histórias mirabolantes, 80% tudo mentira. Uma confusão de copos em cima da mesa. Sempre tem um nojento que confunde o copo e coloca a boca infestada de bactérias no meu. Ambiente muito impessoal. Esse cara não queria me conhecer, queria me dopar e me levar pra cama. Um cafajeste comum, que usa jeans e camisa social listrada com os três primeiros botões abertos mostrando o escapulário e toda fé que ele não tem em Deus. E que fuma a tragos profundos, com o olhar boiando no silêncio entre uma baforada e outra, pra compensar a escassez de assunto.

Um desastre. Imagina dar de cara com isso. O trabalho pra dispensar. Sem chance. Muito previsível.

Doze mensagens deletadas na sequência. Mãe, pai, dois irmãos e a avó pra fechar com chave de ouro. Provavelmente uma dessas obrigações sociais como aniversário do sobrinho ou enterro de um tio que nunca vi e, reza a lenda, a família toda tem que estar presente. Quando as ligações de um mesmo núcleo de gente são insistentes e sequenciais, duvide.

A outra ligação que me chamou atenção começava com uma risada. Ou era um engasgo. Ou os dois. Não sei.

—Hey, e aí, tudo bom?

O tom de animação me dizia que beirava 28 ou 32 anos, a risada me dizia que não estava sozinho quando ligou e o "hey" me deu a má impressão de que era a décima ligação seguida que ele fazia marcando um encontro. Já tinha ido o oi, o olá, o hello, o opa, me sobrou o hey. Fim de lista mesmo. Sujeito jovem, despreocupado e insistente. Gostei. Quem sabe ele tem alguma coisa a dizer. Esses desesperados são os mais engraçados.

—Te vi aqui no site, te achei linda.

Gostei. Pelo menos a foto era minha mesmo. Dois pontos pra ele.

– Sexta vou viajar pra Praia Grande e gostaria...

Desliguei. O desgraçado era surfista? Praia é o fim. Praia Grande então, nem vou comentar. Tenho uma impressão muito ruim de areia. A última vez que fui, foi um desastre. Minha visão da praia: família completa. Dois coolers. Duas bolsas térmicas. Isopor médio. Mesa, cadeira, copos. Uma barraca de sol digna de virar moradia. Aceita queijo coalho? Não. Raspadinha de água suja? Não. Carro alegórico vendendo canga, óculos, vestidos, shoyo, aceitamos cartão de credito. Não, obrigada. A visão do inferno: de dentro do isopor sai a garrafa térmica. De dentro da garrafa térmica, para o meu espanto e desespero, despenca um macarrão amanteigado em cima do prato. Quer dizer...

O que vem a ser macarrão dentro da garrafa térmica? Eu presenciei a evolução do frango com farofa.

Nesse dia percebi que praia, areia e macarrão na térmica não eram pra mim. Surfistas estavam eliminados da lista.

As dez mensagens seguintes eram de uma mesma pessoa. Não consegui distinguir qual pessoa era, mais sei que me era muito familiar. Começava todas as mensagens da mesma forma. Um silêncio. E depois um grito.

– Atende essa merda!

Achei mais suspeito que curioso. Gritava com a mesma intensidade do primeiro ao décimo recado. Embora houvesse uma rouquidão em progressão do sétimo ao último grito. Achei um gesto bonito. Coisa de quem gosta mesmo.

Zerei a caixa postal. Renovei meu perfil com uma foto três anos mais jovem. Aumentei minhas probabilidades. Coloquei o telefone pra carregar. Apoiei no criado-mudo. Chequei se estava ligado. Se estava vibrando. Se estava em cima de um paninho pra não gemer contra a madeira. Dei uma última olhada nas mensagens.

Não. Nada.

Deitei.

Virada de costas.

Para o criado sempre mudo.

VIDA MORNA

Cinco e quarenta e cinco da manhã. Meia-noite. Meio-dia. O galo grita histérico no alto-falante estourado do meu despertador campestre. Tá um frio desgraçado. Mais um dia normal e gelado pra dar levante à minha vida morna.

Acordo indecisa, pra variar. O gato me olha estrábico, com o focinho gelado como quem dormiu o suficiente e está pronto pra caçar, sentado no rodapé da janela, lacrada desde ontem. Abro a porta do armário que range, as roupas de sempre, os olhos cheios de remela e a visão turva. O bichano se enrosca todo garboso nas gavetas emperradas. Só abrem no pontapé.

Visto jeans-batido e casaco de pele falso. Não. Calça de camurça e malha desbotada. Não. Legging néon, top-trançado e colete de plumas. Calça bailarina preta, casaco de pele e gorro de veludo. Não. Bota de couro. De plástico. De pelúcia. Não. Salto-alto. Baixo. Sapatilha? Nunca. Tênis? Que nervos! Ok. Desodorante gelado e o arrepio no bico dos peitos, dente escovado daquele-jeito e água trincando no rosto quente e amassado com marcas de fronha. Perfume. Que cheiro? Miracle. Muito chique. Flowers, enjoo. Be Delicious, só para encontros. Nada então. Cheiro de fêmea selvagem.

Nunca falha. Fome. Frio. Indeciiiiisa... Mulher. Normal. Quase normal, vai.

Xícara suja de suco de ontem transbordando café fraco e sem açúcar do fim de semana e pão amanhecido com manteiga rançosa. Gargarejo com suco de laranja direto da caixa, pra limpar as cascas oportunistas grudadas nos molares, e o bico de plástico embolorado de tanto eu meter a boca babada me dá um pouco de nojo.

Pronto.

Vamos à labuta.

Saio pontual. Enfim.

Sem drama, é só mais um dia.

Seis e quinze da manhã e o sol safado desponta sorrateiro atrás do viaduto e camufla as gotículas transparentes de água no banco-porcaria do ponto de ônibus. Sento decidida e a bunda ensopada me deixa emputecida. Não levanto de birra. O que molhou molhado está. Deus sabe o que faz.

Dez, quinze, vinte, quarenta e cinco minutos depois nada do busão e minha unha no toco.

O que me mata é essa espera.

O ônibus que não passa, reunião que atrasa, música de banheiro nas linhas de trem, mocinhas do marketing vendendo seguro de vida. O pão lerdo banhado de margarina na chapa suja de ovo e bacon, estimulantes bloqueados pelo médico, opiniões sem nexo, pessoas acéfalas. Paródias. Melodramas. Novelas mexicanas. Laboratórios de diagnósticos. Secretárias eletrônicas. Catracas emperradas. Filas de banco lotadas.

Não, nada de ônibus, de lotação, de porra nenhuma. Greve?

Coloco o fone de ouvido pra tapear os pensamentos azucrinando minha vida pacata.

O que me enlouquece são esses zumbidos que não desocupam minha mente avacalhada.

Todos eles.

Pernilongos dopados. Cochichos no cinema. Sirene da polícia. Interfones. Varejeiras. Helicópteros transparentes. Nextel. Passarinhos sonâmbulos. Gota de água vazando na pia. O barulho dos pensamentos. Juras de casamento. Padres. Mensagens inbox cortadas ao meio. Orçamentos superfaturados. Cesariana com data marcada.

Bom, pouco importa o que eu penso.

Dez para as oito e o ônibus chegando lá de longe, abarrotado de gente atrasada. Balangando de um lado pro outro. Com a suspensão arreada. E o número de lotação máxima pra lá de estourada. Tem gente sentada no colo do cobrador. Vai ser um inferno.

Subo receosa e me encaixo entre a moça de ancas largas e o motorista. Fiquei sem respirar por dois minutos até me habituar ao cheiro de enxofre que subia fino, expandia e grudava impiedoso nos pelinhos do meu nariz. Olhei o horizonte forrado dos mais diversos tipos de cabeças: oval achatada pontuda de boné-de-toca com-cabelo sem-cabelo todas as cores do arco-íris. Enrolados lisos ensebados. Babyliss, escova progressiva e bobes.

Às nove e vinte e três em ponto começa minha tremedeira. Naquele aperto indecente eu me contorço pra arrancar o casaco de lã, o moletom, a malha térmica, o gorro de veludo, o cachecol ensopado grudado no pescoço e as luvas de neve. E nada da tremedeira passar. A cada duas ondas de calor vinha uma violenta de calafrio pra rebater o mal-estar.

Pronto. Estou doente. Estou com febre. Àquela altura da competição minha temperatura oscila entre 40 e menos dois graus.

Pra não entrar em desespero, desfoco da enfermidade e começo a ler tudo o que está ao alcance da vista.

Feed de notícias, cartas alheias, pichações nos bancos, revistas podres, itinerários, placas de rua, porta de banheiro. Marcas de jeans de relógio de bolsa. Anúncios de "compra-se ouro", de "trago seu amor de volta em três dias", de "vende-se lote no céu". Outdoor de propaganda política enganosa.

Nada de melhorar.

Dei o sinal pro motorista parar através de mímica e desci do bumba do-jeito-que-dava. Dando ré na multidão. Me escorando numa bunda ou outra. Apoiando o sovaco num pescoço ou outro. Um tropeção no último degrau e quase fico estatelada na sarjeta, não fosse a fila que já estava pressionando-empurrando-se-amontoando desesperada para entrar.

Mão na testa, depois no joelho e um sinal da cruz pra Deus olhar por mim. Foi o que deu tempo de fazer antes de me diagnosticar doente-de-verdade. Me agasalho inteira pra acalmar o esqueleto frio. Volta touca, casaco um, dois e três, luva e cachecol úmido. Corro pra farmácia mais próxima atrás de um antitérmico, um anti-qualquer-coisa que me melhorasse a sensação de morte. O farmacêutico sem diploma já foi me lançando quatro caixas de cura-tudo com cara de entendido do assunto: contra febre, dor no corpo e mal-estar, enjoo, ânsia e vontade-de-morrer. Dor de cabeça, dor na consciência e depressão. Contra intoxicação alimentar, vírus desconhecido e suspeita de epidemia brava. Tinha de tudo.

Desconfiada, me esparramo na cadeira, desfalecida e macambúzia, e trato de debulhar toda a contraindicação que cabia nas caixinhas milagrosas. Posologia, advertência, orientação, prazo de validade, composição, referências, modo de usar, reações adversas, informações ao paciente, à família, à funerária, características farmacológicas, influências psicológicas, efeito rebote e duração da lombra. Conduta em caso de superdosagem, em caso de pilantragem, em caso de erro de cálculo e o diabo a quatro.

Na dúvida, compro todos.

Tomo as bolinhas do dia junto com as bolinhas da noite numa talagada só. O "doutor" coça a cabeça preocupado, ajeita os óculos todo sem graça e diz cheio de experiência que os tarjas pretas precisam de receita, não tem maneira de fazer mutreta. O meu caso era muito mais sério do que ele pensava.

Onze e quinze da manhã e lembro do trabalho enfadonho que me aguardava, da reunião pentelha que eu já tinha perdido, do almoço intragável que eu não tinha desmarcado. Do contrato que eu não assinei, dos relatórios que não entreguei, das contas que eu nunca ia pagar.

Potencializo a voz de doente e exagero com uma rouquidão arranjada as pressas.

– Doente, isso, muito mesmo. Não consigo ir hoje. Já tomei, amanhã estou melhor, prometo, vou pra casa descansar. Não, amanhã sem falta, segunda-feira foi complicação de família, agora é caso de saúde, juro.

Em casa, abro a porta quase desmaiando, a janela ainda lacrada graças-a-deus, o gato me olhando estrábico e indignado porque tinha acabado a ração. Arraquei como-dava as roupas do corpo, abri o armário, a porta maldita rangendo, e dei um pontapé certeiro na gaveta emperrada pra pegar algum pijama que vestisse aquele momento clinicamente desagradável.

Camisola. Não. Moletom e calça de lã. Não. Babydoll e pantufas do Mickey. Não. Macacão térmico e sleeping bag. Não. Calcinha sutiã meia três quartos e cobertor de pena de ganso. Ok.

Um gargarejo com água e sal pra liberar a rouquidão psicológica, vitamina C efervescente no copo sujo de café-fraco da manhã pra dar um tapa na resistência, um gole gordo direto da caixa de bico embolorado de suco de laranja, seguido de duas cápsulas de sabe-lá-deus-o-quê.

Me enfio debaixo do edredom assassino só com os olhos de fora. O gato ronronando toda sua preguiça aos meus pés frios e suados. A pantufa do Mickey olhando vesga minha situação de merda. À janela, sempre lacrada, adiciono cortinas fechadas.

Cinco e quarenta e cinco da manhã.

Meia-noite, meio-dia.

O galo grita histérico no alto-falante estourado do meu despertador campestre.

Tá um frio desgraçado.

Mais um dia normal e gelado pra dar um levante na minha vida morna.

... AÍ JÁ VIU

O menino escangalhou com a perna. Acredita? É. De novo. Bem a perna que já era toda remendada, lembra? Aquela que ele manca, a da esquerda, toda defeituosa, toda estranha, toda-torta, que a gente virava o rosto quando ele aparecia de shorts, que não dobra, não estica, não presta, que o calcanhar nem chega na bunda por causa do punhado de pino que tem por dentro. O Zé Macaco, pai do Macarrão, esse mesmo, o Macarrão de sardinha no nariz e cabelo ruim, azarado, que acertou o pé com a pá no dia que capinou o jardim lá de casa em troca de dois litros de leite e xingou até o bisavô enterrado, sabe? O pai dele que disse que a canela do menino é uma baita barra de ferro. Já pensou, a pessoa ter ferro por debaixo da pele, que coisa esquisita. Até proibiram ele de bater bola lá no campinho de quinta à noite, aquele campinho atrás da capelinha, aquela que a Dona Tereza casou a filha encalhada, que tem um altar cheio de rosa, orquídea, violeta, flor de liz, que é a coisa mais linda desse mundo, sabe? Uma judiação proibirem ele de jogar. Porque toda quinta eles reúnem a macacada pra uma pelada que tem até juiz, e eles fazem churrasco, falam abobrinha pelos cotovelos, ouvem musica sertaneja ruim que até montaram uma bandinha chamada Sacolejo-Legal que é afinada e tudo mais, precisa de ver. E tomam tubaína e Guaraná Jesus quente no gargalo, é, quente, que na venda num tem refrigeração, nem luz, nem nada, então tomam quente mesmo e ficam arrotando grosso que dá até pra ouvir da rua. Bom, tudo por conta que, da última vez que teve pelada-arranca-toco no campo, a canela dele esbarrou só de leve, de relance, de lado, no pé do coitado do Azeitona e esmigalhou o dedão dele. Esse mesmo, o Azeitona filho do Zé Caetano – o filho do meio que é mais bonito mais ajuizado mais direito – esmigalhou em quatro pedaços, fora a unha pendurada que ficou balangando, quando ele arrancou a meia que estava grudada na pele e no tênis velho. O mesmo tênis, acredita? Aquele vermelho com rombo no bico que ele usa desde mil-novecentos-e-guaraná-com--rolha, forrado de barro de toco de mato e resto de pele morta. Imagina que o coitado, que era até o melhor do time, teve a infelicidade de fazer uma jogada mal pensada, mal calculada, mal direcionada e deu uma bica cega meio palmo acima do tornozelo da perna de aço. Ó o azar! Bem de encontro com a parte recauchutada, acredita? E pra você vê que ele tava de Kichute, era sim, tenho certeza que aquela podreira de tênis era Kichute. Pra você vê que a canela era dura mesmo porque Kichute, mesmo velho, é tênis bom. Ficou uma duzia de dias de molho todo capenga todo manqueta e foi prejuízo que nem podia andar direito, nem de cavalo nem de nada, era só perna pra cima o dia todo, a bunda ficou até quadrada. Num tem como não lembrá, faz mais de ano, lógico que você lembra, estava chuviscando garoa fina, naquele julho que fez mais frio que os julhos de todos os outros anos e escureceu quatro da tarde, e os turistas chatos, aqueles que se achavam cowboy e usavam chicote, chapéu e chinelo. Chi-né-lo. Vê se pode que cafona, estavam fazendo trilha de cavalo no morro do Moarama e se perderam no matagal, enroscaram nos carrapicho e escorregaram no lamaçal. Foi um auê que criança chorava, velhinho resfriava e o guia que num via mais nada chegou aqui atordoado. Então, nesse dia ele saiu cantando-empinando-derrapando-azucrinando com a carcaça da moto velha, com aquela mão de chumbo, sem capacete, sem luva, sem caneleira, sem nada. Lembra sim, aquela DT preta toda remendada que fazia um barulho do cão, que todo mundo aqui da rua abria a janela por causa da gritaria daquele motor de garganta afiada. Nesse dia ele saiu todo desembestado, como ele sempre saía, que parecia que ia tirar a mãe da forca, que ia perder o trem, que tava atrasado pra chegar no altar. Isso. Era época de fim de ano, de peru, de cachaça, de piada-sem-graça, saiu com o Samuel, filho caçula do Zé Caetano, montado que nem sagui na garupa. Ele mesmo, o mais moreninho dos irmãos, parece que deu um acelêro de corrida de Fórmula 1 na subida de terra que não deu tempo nem de escutar nem de ver nada. E num é que vinha uma jamanta dessas de carregá vaca-zebu-cavalo-jegue, minha virgem Maria, deu um encontrão tão grande com a lateral da carroceria, se enroscou nos gancho da caçamba, aí já viu... Foi um terror, que a rótula descolou da perna e era sangue pra todo lado, moleque, pra todo canto e o Samuel, coitado Santo Cristo pobre do Samuel, que quebrou os dois braços, as duas pernas e parecia uma múmia desenterrada depois que foi engessado da cabeça aos pés. A rótula? Acharam sim, tanto procuraram que acharam forrada de poeira de construção, de pelo de cachorro, de crina de cavalo, um nojo, cinquenta metros depois do estardalhaço todo. E num fosse ela aparecer mesmo imunda desse jeito, graças-a-deus-ele-sabe-o-que-faz, tinham cortado a perna do moleque fora, Zé Macaco que disse, que quase amputaram as partes do menino, a perna tá ali por milagre, mi-la-gre. Então. Ele. Isso. Era o que eu estava dizendo, esse menino, escangalhou com a perna de novo. Ah que dó, olha o azar, podia ter sido a outra perna, mas não, foi a estragada a toda remendada de novo. Que coisa né? Parece destino, recado-do-divino, coisa desse tipo. Fiquei sabendo anteontem, isso, pelo fofoqueiro-linguarudo do Zé Macaco, disse que esfarelou o joelho em três partes, isso se não foi mais, vai saber. Aconteceu assim: estava trotando num galope duro lá no matagal, montado no Mandrak, aquele cavalo que espuma pelo nariz, que marcha que nem soldado de guerra, que dá coice na sombra, todo branco, até parece de filme, sabe? Não, esse que você tá pensando é o Kojak, o potro antigo, esse potro foi o que ele trocou na moto DT que se esculhambou na estrada. Antes não tivesse vendido, deus-o-livre, o Kojak acabou com a vida dele. O que aconteceu foi que o Mandrak assustou no meio da trilha do Itapeva, bem num pedaço apertado, aquela parte que tem que passar meio de lado meio esmagado, entre a cerca de arame farpado e a arvore de eucalipto que tem um ninho de siriema na copa, sabe? Então. Assustou, acho que foi com vespa ou esses bicho peludo que voa e pica, esmagou a perna do menino contra o tronco aí já viu. E o joelho prensado era o mesmo joelho que já tinha sido consertado, ô azar. Diz que o menino ficou branco de dor, deu apagão, tremedeira, siricotico e tudo mais. Olha que Deus é mais, santa-do-céu, porque dessa vez nenhum dos menino tinham ido com ele, veja bem como são as coisas, e repara que eles sempre andam em bando, vai tentar explicar a coincidência, mas não dessa vez, dessa vez ele estava sozinho-da-Silva. Pensa. Podia ter desmaiado caído do cavalo batido com a cabeça, e aí já viu. Mas nada. Ficou firme, com aquela dor miserável igual dor de parto, deve ser sim, imagina destroçar os ligamento de aço, ô se dói, chegou na porta da casa que parecia uma folha sulfite de tão pálido. Tá no hospital de velho, já até operou, os menino rebocaram ele e o joelho meio de lado, foi o que disseram, que chegou carregado quase apagado todo dismilinguido, os médicos atenderam na hora. Dizem as más línguas que até foi bom a internação do menino, sabe, parece que tinha desandado na cachaça e num era de hoje, que no dia do acidente tinha tomado umas a mais e que o cavalo fez de propósito, que bicho sente as coisas. Não, ninguém falou nada no hospital, mas também ninguém perguntou, nem tiraram exame de sangue, nada. Foi o Zé Macaco que disse. Que vai ser bom ele ficar de molho. Pra ver se aquieta o faixo. Vai brincando com a sorte, deus-sabe-o-que-faz. Diz que agora ficou com problema de Saudácia nos ligamentos do joelho. Que não dobra, não torce, não estica, não serve mais pra nada. Enferrujou. Ligaram os pedaços com fio de arame, passaram uma massa corrida em cima, costuraram, e aí já viu. Parece que o que estava solto, juntaram. E comentaram que o mal da Saudácia, o menino deu até jeito: ele amolece a engrenagem na base da cachaça. Vai vendo. No fim da contas, é até bom ele ser cachaceiro. Deus sabe o que faz. Ô se sabe.

BIPOLAR

Era mais um dia qualquer na vida da fulana.

Um dia qualquer, antecedido de uma noite mal-dormida. O que transformava o dia, que era qualquer, num dia de bosta.

Tinham duas coisas que não podiam acontecer de jeito nenhum com a pobre-figura: dormir mal e ficar com fome.

Mas aconteciam.

Já tinha visto uma coisa dessas?

– Dupla personalidade uma porra, neguinho num pode mais ter dia ruim, não? Palhaçada!...

Virava o demônio, a pobre-descompensada, um filhote de bicho-ruim.

– É coisa de gente bipolar, gente sem lítio no sangue...

Foi o que o Seu Coiso disse. Era assim que ela chamava seu psiquiatra: Seu Coiso.

– Lítio, que merda é essa? Já ouviu falar? Tinha na tabela periódica, não tinha não? Eu lembro que tinha, só não sabia que dava doença essa birosca.

Disse, e além de tudo diagnosticou sem cura a tal da desgraça. Receitou Lithium pra coitada tomar o resto da vida.

– Pro resto da vida? Putaqueopariu, isso não é tempo demais, não? – Foi assim mesmo que eu falei. Seu Coiso exagerou na dose.

Dizia que era pra compensar o defeito de fábrica.

Que não tinha jeito.

Era isso, ou era crise. Ela podia escolher.

– "Veio sem ué", acredita que ele falou assim? Tosco do inferno.

A maníaca queria até comprar um bastão retrátil pros dias de fúria.

Queria mesmo.

Olha o perigo.

E, se tivesse, aposto que ia usar sem medo.

Bem que o Seu Coiso disse: dava cadeia ser bipolar.

E era diante dessas circunstâncias, fome e sono, ninguém merece, que ela se encontrava agora, compenetrada cismada e cem por cento mau humorada, no meu consultório. Eu. O coitado e depressivo Dr. Manfred, seu psicólogo de plantão.

Coisas que antes ela não entendia: tipo dormir mal e ficar com fome. Ela continuava sem entender.

Coisas que ela não tolerava: palpites do Seu Coiso. O homem era coisento demais.

– Como podia, a pessoa toda-transtornada só porque passou a hora do almoço? Só porque o marido roncou a noite inteira e ela não pregou os olhos? Não pode, pode!?

Ela realmente não entendia.

Nem eu entendia.

Mas eu não falava que não entendia, tinha medo de apanhar.

– Fala pra mim, é normal a pessoa ser assim? Será que não dá pra resolver esse perrengue dando um blá-blá-blá aqui no consultório, hein Manfred?

Eu não consentia com os comentários desagradáveis da dita cuja.

Inclusive, nunca consentia com quase nada.

– Não durmo direito, não consigo. Se eu não durmo direito, fico sem paciência, sem paciência, não entro na cozinha, se não cozinho, perco a fome, e se eu não como... Se eu não como, já viu. O barraco tá armado.

Era assim que agravava a crise. Uma bosta atrás da outra.

Uma clara sucessão de desequilíbrios. Eu sei que eu falava bonito, botava brilho em coisa simples, daí acabava parecendo coisa complexa. Mas não era. Era fome e sono.

– Sucessão de desequilíbrio é pica hein, fala sério! É fome e sono, Manfred, é só isso sim, e não vem falar difícil pra cima de mim pra justificar esse diploma aí na parede não, fome e sono e ponto final. Para de jogar purpurina em coisa besta!

Não deixava passar uma, a garota era ardida.

Eu sabia disso.

Por isso, resolvi ficar quieto. Pra evitar um colapso maior na cabeça embagulhada da criatura.

– Chega a noite e eu de quatro, exausta. Podre-de-sono. Meu marido deita na cama que é só o bagaço da laranja, dá um peido horroroso, vira a barriga peluda pra cima e ronca que nem um animal de teta. E vai dizer que eu durmo? Durmo porra nenhuma. Não prego os olhos.

Eu tinha era dó do marido dela, não sabia como ele suportava aquela mulher, mas nunca coloquei essa questão em pauta: a filha da puta devia dar graças a Deus por ter um marido, e eu, óbvio, dava graças a Deus do coitado do marido ainda não ter pedido o divórcio.

– Botei tapa-ouvido, travesseiro na cabeça, mudei de quarto. Não adianta, eu escuto o mamute roncando. Eu escuto, acredita!? De porta fechada, eu escuto, trancada no banheiro, eu escuto, da sala da TV, eu ouço, até o barulho do dente rangendo, parece que o infeliz está mastigando cascalho, eu escuto doutor! Me ajuda!

Então era um caso simples: peida ronca e range os dentes. E eu ainda era pago pra escutar essa merda. Era o que eu achava, sempre com o cu na mão. Não posso esquecer este detalhe importante: eu sempre ficava com o cu na mão quando aquela criatura pisava no meu consultório.

Eram exatos cinquenta minutos de tortura. A fulana vomitava o revertério da semana e depois ia embora atormentar outra pessoa.

– Não tem mesmo como dormir, você também não ia conseguir, eu aposto que não ia. Daí ia ter que procurar o Seu Coiso, e ele também ia te diagnosticar como bipolar, baitôla, besta, bichado. Depois ia te receitar uma bolinha-de-qualquer-coisa pra você ir pra casa e não encher mais o saco dele.

Faltam dez minutos, graças a Deus!

Quando a sessão estava acabando e a minha paciência se esgotando, eu agradecia. Das consultas todas, essa era a única que eu desejava que terminasse desde o minuto que começava.

– Então eu decidi: vou me separar.

Oi???

E foi essa frase curta que aniquilou com meu sono. Meu maior medo era que esse dia chegasse. E num é que chegou? Putaqueopariu, agora eu tô fudido de verdade. Foi só isso que passou pela minha cabeça.

– Assim não dá pra continuar, que o certo, o certo mesmo, era meu marido ir se tratar. Procurar um médico de nariz, um cirurgião de intestino, um dentista. Não sou eu que ronca e range os dentes, sou? Eu sou é vitima das disfunções do safado. Ví-ti-ma. Isso mesmo, vou me separar e ainda vou mandar o Lithium na mochila pra ele dar pra próxima otária que (tentar) dormir com ele.

Então eu tive que me pronunciar:

– Pelo amor de Deus, muita-calma-nessa-hora.

Ela até ficou quieta. Devia achar que eu não falava. Mas diante das circunstâncias...

– Faz o seguinte: saia daqui, passe num Mc Donalds e coma. Ajuda a acalmar. Você tomou café da manhã? Aposto que não. E não tome decisão nenhuma até a próxima consulta. Pode ser?

Na semana seguinte, no dia da consulta, ela recebeu uma ligação da minha secretaria. Não haveria consulta. Tive que ir no médico, não teve jeito.

No consultório do Seu Coiso, eu contava meu drama:

– Não consigo dormir, não consigo! Se eu não durmo, fico sem paciência, sem paciência, não tomo café da manhã, sem café da manhã, não consigo pensar, sem pensar não tem jeito de trabalhar, aí já viu.

Seu Coiso não teve dúvidas.

Diagnóstico: bipolar.

Receitou: Lithium. Pro resto da vida.

Vai vendo...

BASTIDORES

É impressão minha ou aquela adicta-do-dente-podre tá olhando torto pra gente?

Não essa, a da esquerda, mais pra esquerda ainda, eu sei, todas tem dente podre, mas fica feio apontar. Chegou ontem e já está querendo tumultuar, vai vendo, não tem um que não chegue por aqui com a cabeça toda embucetada. Transpirando cheiro químico, inconfundível, a recaída fica impregnada no couro cabeludo.

Custa tempo desintoxicar camarada, botar pra dentro a podreira é fácil, foda mesmo é expelir a tonelada de merda. É isso que essa gente em processo de decomposição veio tentar entender. E vai dizer que entende? Entende nada, o povo chega aqui de um jeito que escuta as coisas do jeito que quer.

Quando escuta.

A cabeça chega blindada.

Só um, de cada vinte, se der sorte dois, você sabe. Quantos que já não passaram por aqui e nunca mais voltaram? Perde seu tempo em contar não, não cabe nos dedos da mão.

E quem não volta nem faz falta, já se deu conta disso?

Outro dia vi a do dente podre sentada lá embaixo, na escada da lamentação, acompanhada da mãe, olha só que merda, coitada. Coitada dela não! Coitada da mãe que tem que passar por isso, mãe só se fode mesmo. Ela chorava muito, mas é assim mesmo, quantas noites eu não chorei também, ninguém morre de chorar não, vai por mim.

Pior era eu, que ia pegar farinha na boca cheia de lágrima nos olhos, isso sim era de dar dó. Pelo menos aqui ela está encaminhada, já sabe onde procurar ajuda. Agora tem que vir sozinha, essa é a punheta pra quem tá começando. Já é marmanja crescida e vacinada, vai por mim, aprende no tapa a se virar.

Ouve isso: outro dia enviei a foto do meu bebê pra um amigo que se perdeu na selva-de-pedra e nunca mais apareceu por aqui, sabe o que ele disse? "Aproveita enquanto é pequeno, depois cresce e vira tudo uns filhos da puta." Fiquei com isso na cabeça. Pois é, desgraçado. E olha eu aqui, pra comprovar que é a mais pura verdade. Minha mãe quase enlouqueceu. E não tem o que fazer não, mãe não faz milagre, enquanto o filho cretino não se der conta de que não sabe brincar, enquanto ele não perder tudo, enquanto não destruir tudo ao seu redor, ele não pára nem a paulada. Não tem mãe-de-santo que segure o safado.

Sabe o Tripa-Seca, aquele ali do canto, todo sequelado, que usa a calça caindo, que recai toda semana? Então. Ali ainda não se fudeu de verdade, mas esse dia vai chegar, vai por mim, e a gente vai tá aqui pra ver. Um dia ele para de brincar com a vida. É assim que funciona.

Sacana por quê? Apelido eu dou pra todo mundo porque eu não sei o nome de ninguém, nunca soube. Decorar como? Todo mundo com a mesma cara de fim-de-festa, maior reciclagem de viciado, nunca vi. E, na minha opinião, a adicta-do-dente-podre é até suave pra moça recém-chegada, ela está no lucro, a maioria chega aqui sem dente, meu filho, pedra corrói até a gengiva. Eu?

Não deu tempo, parei na cocaína porque estragava a pele. Pode rir, repito isso pra mim todo dia pra não ficar deprimida, é mais suave pensar assim.

Se liga no Super-Homem chegando, o do meio, o fortinho, metido a galo de briga, fiquei sabendo que o nojento só sai com travesti, que coisa escrota do cacete. Eu sei, tem namorada e o escambau, ele trouxe a coitada aqui na sala dia desses, precisava ver a cara dela escutando a partilha, deu até dó, mas quando o "viado" mergulha nas trevas cai de boca é na piroca dos travecos.

Esses mesmos, de dois metros de altura, com barba mal feita e que falam grosso, que nojo.

Sei lá, acho estranho, que tara desgraçada.

E pelo que tenho ouvido não é só ele não, tem uma penca desses por aqui, tudo moço-casado, bem-sucedido, tudo filhinho-de-papai brincando de casinha com aquelas pirulonas com pinto. Bizarro, doentio, eu sei, mas neguinho quando tá virado no Giraia esquece até do nome, imagina o que acontece.

Fiquei sabendo pelo N.A. News. Fofoca das quentes, em primeira mão, basta sentar sua bundinha peluda aqui na cadeira e escutar. Lógico, reunião atrás de reunião. Recuperação é assim, não tem milagre.

Tem dia que essa espelunca vira um festival de farpas, sai até cadeirada, coordenador tacando o sino na cabeça do povo, acontece direto, só tem gente destemperada, gente desequilibrada, gente como a gente.

Me sinto em casa aqui.

Você não?

Outro dia escutei uma história que me deu até pesadelo, fiquei passando mal uma semana. Se liga: tá vendo aquele sujeito esquisito de boné e com cara de louco ali, sabe, aquele que trava quando fala, que tá sempre exuzando a mulherada, meio esverdeado? Então. Me contaram que saiu-bonito-da-capa uns meses atrás, acabou parando num pulgueiro de beira de estrada com duas garotas de programa, comeu elas no pelo, no P-E-L-O, olha que jumento, e, no dia seguinte, quando acordou azedo de ressaca, leu uma mensagem escrita com batom no espelho: "Bem vindo ao clube".

Acredita que eram soro positivas, as filhas da puta? Dizem que o cara quis se matar e o cacete a quadro. Olha que pesadelo que ele se enfiou. A troco de nada.

Pois é. O povo fica louco, acontece essas merdas.

Triste pra caralho. Mas depois desse dia, ele ficou limpo.

Nunca mais, nenhuma recaída, nada.

É, a vida para safado no tapa, vai pensando. Nego brinca com a sorte até o dia que se fode de verdade. Não tem graça não, eu tô aqui pra escutar e não repetir o erro deles, isso sim.

Eu nem preciso voltar a usar, tem sempre alguém indo por mim. Depois essas antas voltam pra cá, presta bem atenção, porque não tem mais pra onde ir não, aqui é o último lugar do mundo, querido, pra cá ninguém quer vir. Quem chegou aqui é porque não tinha mais pra onde ir.

Não estou me divertindo com a desgraça dos outros, não, qual é, agora eu sou Deus pra fazer milagre com filho da puta? Não sou eu que entupi o nariz deles de farinha não. Nego foi lá e aspirou a porra sozinha, doido tem autonomia pra fazer cagada como ninguém, nunca ouviu isso não? Já to cuidando de mim, e já é suficiente por hoje.

Vai ficar pra segunda reunião?

Eu vou, lógico.

É na das seis que o circo pega fogo.

DAMA DO LODO

Dez da noite.

O povo foi dormir.

A área está limpa aqui em casa.

E, pra variar, a farinha acabou.

É hora do show.

No silêncio absoluto, levanto da cama na ponta do pé. Tensionada. Engessada. Robótica. Calça jeans por cima do pijama, casaco com capuz, caso tudo dê errado, elástico no cabelo pra não grudar na testa molhada, e galocha de borracha pra evitar mergulhar o pé no lodo duvidoso espalhado em poças arquitetadas meticulosamente por Deus na Cohab, com o objetivo único de ensopar-pé-de-paranoico que sai de casa na correria calçando chinelo com meia. Dessa vez fui certeira.

Xixi saidêro sem direito a descarga, pra eliminar a cevada do fim-de-tarde, e uma chacoalhada de bunda estilo cadela-na-pracinha, pra espanar as gotas de mijo sem papel já que a pressa é muita pra passar folhas duplas no traseiro ouriçado.

Alguém tinha me falado que a pressa é inimiga da perfeição. E é verdade.

Uma escovada simbólica na dentição danificada, pra aliviar a língua emplastrada os lábios grudados e os dentes texturizados, um gole gordo de água-de-pia, pra reidratar o organismo sequelado e desobstruir a garganta ressecada. Um gargarejo de desinfetante bucal foi a última esperança de melhorar o hálito corrosivo, mas eu já tinha me dado conta que o sabor de derrota no céu da boca vinha diretamente do estômago. Sacudi o Plax contra as bochechas cheias de afta e me deparei com um leve gosto de álcool nas papilas mais-que-acostumadas da minha língua ácida. Não deviam vender essa porra com álcool. Gostei, tomei um gole gordo sabor menta e saí do quarto na ponta do pé. De luz apagada, claro, vai que alguém está olhando pela fresta da janela e repara na faísca de luz entre os vãos da persiana.

Prestei atenção na fechadura da porta esperando algum movimento suspeito. Passei a tarde mirabolando o rolê da noite.

Eu lido com todas as hipóteses.

Sou uma mulher preparada.

No breu completo do meu quarto-cortiço, pisei na sapateira, me enrolei no fio da televisão, dei um tapa na garrafa de água, tropiquei na mesa de mosaico, prendi a alça da bolsa na fechadura do banheiro, enganchei meu pé no pé da cama e dei com a testa na porta do armário, o que resultou num som seco de joelho quicando no chão. Me recompus, engoli a risada, e o coração acelerado quase saindo pela boca que parecia que eu estava tendo um princípio de ataque cardíaco. Achei a saída do quarto e segurei na maçaneta com uma leve tremedeira nos dedos. Eu estava quase lá. A alguns passos da porta da garagem.

Na sala passei engatinhando pra evitar que o som da sola de borracha vagabunda da galocha contra o piso de pedra fizesse um grunhido esquisito e acordasse a cachorrada. Esquivando com muita desenvoltura das malditas câmeras de segurança que ninguém nunca usa, embora fosse muito provável alguém ir pesquisar as imagens no dia seguinte caso minha escapada cinematográfica desse em merda.

Girei o trinco da porta da sala sem-respirar sem-fraquejar sem-olhar-pra-trás. Avistei meu carro todo lindo, todo atento, todo batido me esperando em posição de ataque. Precavida que sou, o alarme já estava desativado, as portas destrancadas e a chave no contato. O tanque de gasolina sempre na reserva, pra aumentar a emoção. Destravei o freio de mão e empurrei o carro rampa abaixo. Somente dei partida no calhambeque quando tive certeza absoluta da vitória. Toda garbosa e com pose de mafiosa italiana, parti em direção ao pó.

Racionais no último volume, velocímetro estourando o ponteiro, janelas de insulfilme escancaradas, cigarro filtro vermelho no canto da boca, braço pra fora do carro e aquele cheiro de liberdade temporária invadindo meus pensamentos pra lá de levianos. Passei em todos os sinais vermelhos com a mão na buzina.

Desci farol alto na bunda do camburão da polícia.

Xinguei sem dó o povo que se arrastava de corpo mole pela faixa de pedestres como se eu não tivesse mais o que fazer, além de esperar aquelas lesmas-catatônicas-padronizadas desfilarem seus esqueletos sem personalidade e sem sustância na minha frente.

Cheguei na Cohab com a respiração acelerada. Com os olhos brilhando maldade. E uma gota de suor frio escorrendo do bigode em direção ao queixo. Estacionei a jabiraca no primeiro beco livre e a carroceria ficou em cima da calçada, porque na pressa na correria no escuro na ansiedade, não deu pra ver absolutamente nada. De longe ouvi a batida do pancadão comendo solto na viela e meu sangue-azul-veneno-de-rato a essa altura já fervia junto com o bate-estaca que ecoava nos bueiros. O ambiente cheio de mau elemento, de traficante adolescente com boné de lado, de bicicleta mandando recado pra cima e pra baixo. Maior delivery de tóxicos. Era horário de pico na boca, a macacada estava toda atenta e de antena ligada que hora ou outra baixava a Rota sondando o quarteirão – e aí é noia correndo pra todo lado porque os coxinhas cheios de autoridade descem da viatura com o cassetete na mão, vestindo colete à prova de balas, no apetite homérico de dar tapa na cara de neguinho que já está pra-lá-de-fodido. É cena de filme.

O pivete magricela cheio de tique que beirava pouco mais de uma dezena de anos com o pescoço abarrotado de colar de prata e dente de ouro veio me inspecionar e avisar, todo cabuloso, que a quebrada estava normal. A essa altura a palma da minha mão estava ensopada e a nota de cinquenta reais quase se desfazendo. Pé pra fora do calhambeque e as botinas emborrachadas foram diretamente de encontro com a maior poça de lodo que eu tinha presenciando nas últimas semanas. Mesmo porque minhas lembranças não se estendiam mais que isso. Na poça, boiavam pacotes de salgadinho bitucas de cigarro cápsulas vazias e uma espuma alaranjada tão suspeita que não tive coragem de olhar pra baixo duas vezes. Desatolei a pata do lamaceiro e até minha canela estava contaminada. O moleque de dentes dourados viu a cena ridícula e saiu se contorcendo escarrando nicotina assoando o nariz de lado e pedalando a magrela endiabrada. Logo foi anunciando escandaloso e cheio de perversidade pro beco inteiro ouvir que a Dama do Lodo tinha chegado. No caso, eu.

Duas sacudidas elegantes na perna asquerosa e parti confiante em direção ao traficante do turno da noite. A alta rotatividade de viciados exigia dos aviõezinhos cada vez mais malandragem, mais agilidade e mais virilidade.

Cara a cara com o molambento, tomei uma invertida das boas porque minha presença ali já não era tão festejada como antes. O desrespeitoso exigiu que eu me organizasse de uma vez por todas, e pegasse pela manhã uma cota suficiente para sustentar minha ansiedade de bosta o dia inteiro. Aquele vaivém aquele entra-e-sai aquela palhaçada estava deixando eles nervosos, não tinha cabimento uma dama que nem eu dar rolê na Cohab tantas vezes por dia. Tomei a comida de rabo de cabeça baixa porque esse tipo de bronca eu tinha que engolir sem retorno, o desgraçado cheio de pereba no rosto estava na razão. Ali era área de conflito certo, caso eu quisesse debater cheia de argumentos humanistas minha liberdade de ir e vir sem ter que dar satisfação pra noiado nenhum.

Fiz um calculo rápido e cheguei à conclusão triste de que só poderia pegar dois pinos. Dez reais de gasolina, dez reais pelos dois maços de prego de caixão filtro vermelho e dez para duas latinhas de cerveja pra salvar o beiço colado depois da primeira paulada. Sobrou vintão. E era isso. Me passou desconfiado a droga que estava escondida dentro de um saco de cebolitos e me deu o troco com as sobrancelhas arqueadas estilo eu-sei-que-você-vai-voltar.

– Vaza Dama do Lodo.

Nem por Deus eu podia voltar.

Entrei eufórica no Batmóvel. Nem deu tempo de colocar a chave no contato, e eu já estendi uma carreira gorda em cima do livro de bolso do Narcóticos Anônimos que eu carregava no porta-luvas do carro desde o fatídico dia em que eu passei a noite perambulando de um lado pro outro nas vielas daquela bocada e um morador ficou com dó de mim e me deu o livreto pra ver se eu tomava jeito na vida. Era sem dúvida nenhuma a melhor plataforma do carro. Empolgada fiz doze carreiras pra combinar com os doze passos.

Acelerei como se não houvesse amanhã. Cantando alto o refrão de Mágico de Oz pra ver se Deus realmente ouvia minha voz. Peguei a breja o cigarro e dei uma baforada no tanque do carro, depois que o frentista evangélico completou de álcool, descrente do que presenciava. Colocou a mão no terço e rezou. Eu vi pelo retrovisor.

Cheguei à garagem de casa acelerando. Só faltou buzinar. Bati o pé na porta tropecei no cachorro derrubei cerveja no chão espalhei lodo no tapete e entrei no quarto crente que eu estava abafando.

Ouvi os passos no hall de entrada, era algum sonâmbulo fazendo a ronda da noite. Fiquei engessada debaixo do edredon. No escuro. Esperando que ninguém fizesse a safadeza de bater na minha porta.

Uma e meia da manhã.

A área estava limpa.

De novo.

O povo tinha ido dormir.

E a farinha, pra variar acabou.

É hora do show.

CHECK-UP

São essas promoções de passagens internacionais desgraçadas, esse povinho vindo para cá em peso que me mata. Muita viagenzinha programada em cima da hora, tudo gentinha despreparada. Com cara de frio na barriga na hora da verdade. Muito olhar se cruzando. Os caras não devem nada e vêm logo se entregando. Decidiu que quer vir, venha, mas pelo amor de Deus, que cara de culpa é essa?

Me dá os documentos. A passagem. Certidão de nascimento. Histórico escolar. Mostra os dentes. A pele. A unha. Suja. Ruim, hein?

Ficha policial tem? Porque aí complica.

Vai se hospedar onde? Quantos dias? *God*, que lixo. Negócios, férias, família, qual o caso? De qualquer jeito não gosto. Abre a mala. Abre o zíper. Quebra o cadeado.

O sujeito do canto direito está piscando com um olho só com cara de suspeito.

Aê, dá uma geral nele.

De costas pra parede!

E rasga o tênis. Checa as meias. Abaixa as calças. Sacode a cueca. Cheira o cinto. Passa o boné no detector de metal. Desfaz a barra da blusa. Desenrola as cuecas.

A haste dos óculos. Muito grossa. É oca?

Põe o figura no detector de mentiras. E fica de olho se a luz pisca, se o gráfico oscila. Qualquer coisa. Pra mim, todo mundo aqui é suspeito. Sou pago para desconfiar. Extremamente treinado para ser um merda frio, com ar de superioridade. Eu desconfio até de velhinha. Bando de trambiqueiras. Saio de casa sorrindo e chego aqui assim: tirano. Não sou pago para dar risada. Não, risada não pode. Sorrir só em casa. Olhar amigo consolo simpatia, aperto de mão fazer vista grossa não pode. Nem quero. Eu vim aqui selecionar. E de rebarba, me divertir.

A sala do canto é a melhor. Nego chega suando frio. Esse povo se delata por nada.

Eu passo a peneira. Tem que filtrar a sujeira.

Toda família liberada, mas o tipo esquisito, de dreads brilhantes e tatuagem fica.

E fica esperto, tatuagem no pescoço é gangue. Se for diamante é facção mexicana. E aí fica sério. Não passa mesmo.

E parece que o caso é certo, o hippie está tremendo, o sovaco molhado. Uhu! Dessa vez pegamos. Checa tudo.

E esse colírio no bolso? Só falta. Esse olho esbugalhado. Seco. Vermelho. Sem sinal de lágrima. Típico. Sujeitinho tarja preta. Da espécie Estranhos.

Abre as malas. A mochila. A pochete.

Pochete... Era só o que me faltava. Merece pente fino. Pochete é coisa de dealer. Narcotráfico aqui dá jaula camarada!

Corta o xampu no meio. Desfaz as bolinhas de meia. Revira as blusas. O paletó esticado. O bolso das calças. A sunga asa-delta vermelha. Putaqueopariu, vai onde? Elimina o desodorante. Três tipos de hidratante. Creme para o olho. Antiage. Antirrugas. Antiácido.

Antiquado esse homem. Não pode.

Abre a necessaire. Nunca vi. Esse cara além de tudo é "viado".

Clareador. Pra quê? De dente. Tá de brincadeira... Isso existe? Checa.

Gel lubrificante. Sabor morango? Não. Frutas frescas. Essa merda é comestível?

Olha esse óleo de massagem. "Para partes íntimas". Aí num deu. E rir não pode. Como rir disso não pode? Deve ter uma cláusula que libera. Checa!

Esmalte transparente, corretivo, protetor 60. Paracetamol. Viagra. Supositório de glicerina.

Esmigalha, pode ser ecstasy.

Perfume caro. Três vidros. Dois cheios. Free shop?

Não, de casa.

Suspeito...

E camisinha com gosto. Textura. Tamanhos. O moço tá enrolado. Traficantezinho afeminado.

Olhou o relógio de novo.

Tá com pressa? Ou o quê?

Na verdade...

Desmonta o relógio. O forro da mala. As rodinhas. Rasga a sola do sapato de bico. A palmilha. Tem que aparecer.

Tá muito estranho.

Essa aliança de ouro branco no dedo, casado?

Não. A essa hora... Que horas são?

O suspeito a esta altura está pálido. Tudo jogado rasgado desmontado. Sua autoestima espalhada. O paletó sem cabide, amassado. Cremes cortados. Só a carcaça do sapato. Sua intimidade pelada numa máquina de raio X. A troco de quê?

Foram os dreads?

Não.

O dedo tatuado?

Não.

Esses polícias desocupados. Chafurdando qualquer coisa, rindo por dentro, dava pra ver.

Liberado!

Não, obrigado. Desisti. Vou voltar.

O sujeito está limpo. Põe limpo nisso... Engole a risada.

E agora sem autoestima. Vende no *free shop*?

OS FEDELHOS

É logo oito da manhã e os tranqueiras se estapeando em cima da cama elástica que dá até raiva de ver.

Um pulando em cima do outro, os pequenos se esmagando embaixo dos maiorzinhos e é pé dando chute na cabeça, cabeça no meio das pernas, que já viu no que vai dar. Na escada do brinquedo, a fila que não acaba nunca, e é um que cutuca o outro e é outro que já vai reclamando xingando choramingando empurrando e o cachorro tonto-zarolho-besta nem sabe o perigo que está correndo, porque quase perdeu as costelas no segundo salto mortal-matador dos esportistas de meia-pataca porque ia passando todo desavisado por debaixo da cama.

Da janela do meu quarto eu ouvi as ameaças do Cabeleira, cheio de autoridade, cheio de pré-maturidade em cima do irmão indefeso e já até podia imaginar os olhos do baixinho transbordando em lágrimas e aquele choro engolido de moleque que ainda não é crescido, mas que segura a choradeira na garganta pra dar pinta de homem-barbado, de homem-macho.

Meu recado foi curto e grosso. Com a rosto inchado e o bafo cheirando a lençol-mal-dormido de quem queria mais dez minutos de sono. Diretamente da janela sem persiana do quarto.

– É o seguinte, seus fedelhos, seus imundos, seus carne-de-pescoço, mais um grito, mais um cutuco, mais um ti-ti-ti e vocês vão me ver enfezada de verdade. Eu confisco a coleção de canivete, o estilingue, a zarabatana e o machadinho, viu? As duas espingardas de chumbinho eu vou dar sumiço, que eu sei que hora ou outra vai sobrar tiro em bunda de cachorro, vai voar chumbinho na direção errada, e sou eu quem vai ter que correr pro veterinário, pro hospital, pra curandeira, já vi tudo. Que eu não estou de brincadeira, eu faço mesmo, vocês me conhecem, não venham testar minha fé. As galinhas mal acordaram e vocês nessa correria, nessa gritaria sem cabimento, ninguém merece.

A mesa do café da manhã tem alta rotatividade e não podia ser de outro jeito. São seis crianças e meia completamente esfomeadas. E mais meia dúzia de adultos tentando, sem esperança nenhuma, alcançar um pedaço de pão, uma faca limpa, uma xícara sem migalhas. Nem com reza cabem todos numa sentada só.

Ovo mexido, abacate batido-batido, leito morno e café fresquinho. Queijo branco, queijo amarelo, coalhada com mel e salada de fruta. Pão italiano, pão francês, pão de forma, pão velho e bisnaguinha com Nutella. Manteiga requeijão geleia e açúcar mascavo com canela. Maior confusão matinal.

A fome é grande.

A mesa, pequena.

Os fedelhos não se controlam. Os adultos não têm cadeira. Todo mundo falando junto, querendo se servir ao mesmo tempo. Bisnaguinha disputada no tapa, abacate espalhado pela toalha, migalha de pão pra todo lado e a coitada da Nutella que todo mundo quer e ninguém passa.

– Alguém escondeu a faca, ai saco, quem foi que escondeu a faca?

E os nanicos com cara de culpados, se acotovelando-piscando-chutando por debaixo da mesa, se entregando de graça, dando risadinha engolida, camuflada no guardanapo, que vontade de torcer um pelo braço que eu nem sei como me controlo.

Sai um, senta dois.

Sai dois, volta os que saíram primeiro.

Com fome de novo.

Como se nem tivessem comido, atochando o braço inteiro no pacote de granola, enfiando a colher de sopa cheia de manteiga na panela do ovo mexido. Mergulhando a torrada com requeijão e geleia no copo de Toddy. Roubando os morangos e as mangas com garfo sujo de iogurte da vasilha da salada de fruta. Precisa ver.

No escorregador é a mesma fila, a mesma gritaria, o mesmo empurra-empurra. Não podia ser diferente, brinquedo que dá pra se estrumbicar é com eles mesmos. Moleque desce de cabeça de costas de bunda e se equilibrando num pé só. De dupla. De trio. De skate. E de patins. Por que não? É traseiro-lascado dedo-com--fiapo terra-no-sapato unha-levantada e o diabo-a-quatro. E ninguém usa botina, nem sandália, nem nada. Sapato e tênis só em dia de ir pra escola. Passam a noite relembrando peripécias no bafo quente da lareira, arrancando ponta de espinho com pinça da sola grossa do pé cascudo. O menorzinho andando de meia furada pra lá e pra cá o dia inteiro, até a vó concordou que, no fim do dia, os pares de meia iam todos pra lata de lixo, que não tem cloro que branqueie aquela porqueira.

Cachorro espalhado pela casa inteira. Nadando na piscina, deitados no sofá, esparramados na cama e tomando sol na espreguiçadeira. Parece um pulgueiro. Um canil do governo. A cada cinco minutos passa um pangaré trotando com um turista a tiracolo. E a cachorrada, que não quer saber de palhaçada no roçado, sai latindo esganiçada atrás do rabo do coitado do cavalo, que dispara desembestado pra desespero do turista besta, que nem segurava a rédea porque estava clicando auto-retrato-tremido pra postar na página do feicebuque. Todos se trombando se mordendo se atropelando balançando o rabo e mostrando os dentes. Impressionante como são encrenqueiros, bando de pulguentos.

As maritacas, impressionadas com a zona dos vira-latas, gritam alto e voam baixo, fazendo um estardalhaço que dá pra escutar até de porta trancada e chuveiro ligado.

Os gansos gangueiros fazendo arruaça pra molecada, que sabe de-cor-e-salteado que ameaça de ganso-pescoçudo com bico-de--serrote é coisa séria. E, de novo, começa a correria porque os penosos não são bobos e vêm fazendo arrastão em equipe, que assim fica mais fácil cercar a criançada. Junta galinha peru pavão siriema, pônei bode e até a miniégua-manca vem, distribuindo dentada a-torto-e-a-direito.

E é pivete se lançando de cabeça no balanço, se pendurando que nem macaco no galho da araucária, escalando a parede que nem Homem-Aranha, pulando de roupa dentro do lago gelado. Porque arruaça de bicho não dá pra levar na brincadeira e quem bobeia no meio do caminho leva bicada, esporada e chifrada de bode mal-humorado.

Os coelhos não conseguem entender de onde vem a gritaria e se lançam dentro do rio pra se salvar. Enquanto as trutas, que nadavam sossegadas, pulam rio afora quando se deparam com os coelhos brincando de hidroginástica dentro da água. A molecada mergulha de peito pra salvar os coelhos e se arrasta de joelhos pra pegar os peixes. Tomando bicada de tudo quanto é lado. É o fim.

O pior é a lhama, que chegou ao sítio de última hora pra fazer história. Os cavalos não se conformam que o bicho não usa cela, não faz passeio e além de tudo é cheio de graça. As vacas arrebentaram a cerca num protesto violento contra a divisão do pasto.

Como assim dividir a grama-de-todo-dia com bicho que cospe?

Bicho que ninguém nunca viu, nem no pacote da ração?

A galinhada, sempre desconfiada, nem chega perto porque sabe que tipo esquisito assim costuma ser carnívoro. Vai que o danado corre, dá um bote e come as fofoqueiras numa bocada só?

Despeitada, a lhama desaforada mete o beiço o bigode a fuça no suco de couve com gengibre limão e cenoura que não tem nem como esconder a palhaçada, porque a pescoçuda com cara de inocente fica com o bigode forrado de espuma verde. Pra alegria dos meninos, que não tomam a gororoba nem debaixo de paulada.

Chega a noite e os fedelhos exaustos-catinguentos-felizes, a cachorrada desmaiada no sofá. De novo, não tem lugar pra sentar. Só tem rabo pata e pelo pra todo lado. Os quadrúpedes forrados pelo cobertor, só de orelha pra fora. A lareira tecendo o sono que vem hipnotizado pela brasa.

Não deu tempo de banho.

De novo.

É a mesma cueca faz uma semana.

Depois da sopa, pinça-farpas e cama.

Moleque chega que dorme rindo.

E, enquanto o sol nasce, a geada derrete, a grama se seca e o sino toca. Antes ainda do galo cantar, o cachorro late.

O moleque grita.

A leiteira chia.

Começa a fila na cama-elástica.

BICUDA, A SAGA

Tudo começou numa quinta qualquer.

Eu ainda era uma pessoa apresentável, comunicativa, sociável.

E, por que não dizer, cheirosa.

Mas não foi bem assim que a história acabou.

Quinta-feira, fim do expediente, meus colegas se reúnem para o happy hour de sempre. Todo mundo cansado-estressado-eufórico, em busca de uma birita saidêra que amenizasse o peso da semana das cobranças da rotina, que deletasse temporariamente a lembrança permanente das faturas altas de contas que ainda nem tinham sido pagas, mas que inevitavelmente seriam debitadas.

Pelo menos as dos meus colegas, seriam.

Já as minhas, eu vou ter que explicar.

Tudo começou nessa podre e fatídica quinta, lá pelas oito horas da noite, e às seis da manhã foi quando eu fiquei bruxa.

Obviamente, meus companheiros que eram pessoas saudáveis e possuíam o mínimo de filtro e bom senso, numa certa altura da competição já tinham comido um misto quente com cafezinho descafeinado (vê se pode), e foram pra casa tomar um banho fumegante, trocar a cueca encardida, escovar a dentição emplastrada seguido de um reconfortante copo de leite quente com Nescau, para dormir bem e acordar inteiro no dia seguinte.

É o que as pessoas com botão moderado fazem: elas vão pra casa.

Nem preciso dizer: não é o meu caso.

Eu vi todo mundo ir embora e, pra variar, sobraram eu e os chopes numa mesa longa lisa e vazia. Continuei tomando meus drinks, toda maligna, até o momento que me dei conta de que mil daqueles copos suados ainda não seriam suficientes para apaziguar o holocausto da minha insaciável mente leviana e meu dom imensurável de fazer cagadas.

Eu precisava calçar a pantufa de jaca, não bastava só enfiar os pés nelas.

Neste ponto percebi que os garçons estavam de saco cheio, as portas já estavam fechadas e o faxineiro, coitado, já estava esguichando o chão do bar que parecia uma pocilga. Taí um trabalho chato.

Pedi a conta.

Mesmo porque eu não via outra saída.

Infelizmente, a maioria das pessoas dormia.

Paguei meus chopes e mais um monte de porção de calabresa acebolada, batatas fritas com cheddar e carne de sol que eu não sei de onde surgiu, porque, claro, não fui eu que comi. Meus colegas sadios e bem-sucedidos que pagam as faturas em dia tinham, pra variar, me dado o golpe da conta. Isso acontece sempre com o trouxa que martela a bunda na cadeira e não vai embora nem a pauladas.

E essa pessoa era sempre eu.

Agora fica fácil entender como chegou o fim do mês e eu não tinha dinheiro pra pagar as faturas e eles tinham. É só calcular: são quatro quintas-feiras no mês que eu prego a carcaça na cadeira, pago a conta de todo mundo, e, no fim do mês, não sobra moeda pro milho da pipoca do filme pós-ressaca ou pro papel higiênico da caganeira inevitável.

Não tive a manha de discutir com o simpático e tolerante garçom que estava me aturando bêbada com toda educação que lhe restava fazia algumas horas. Meti meu cartão na máquina e coloquei a senha que, por milagre de Deus, eu ainda não tinha esquecido. Deixei um trocado de gorjeta. Naquele momento, era melhor ter paz do que ter razão.

O problema é que a saga jamais termina no primeiro bar.

Segui bêbada e radiante em busca de qualquer bar fuleiro em que ainda residissem alguns zumbis walking-deads sonâmbulos e afins. Fiz amizade com dois perdidos, falei sobre minha vida, minha infância, minha unha encravada e meus problemas gastrointestinais, brindamos à saúde que já tinha nos abandonado anos atrás, nos abraçamos como se nossa amizade, feita há dez minutos, fosse a coisa mais significativa e o acontecimento mais preciso de nossas vidas.

Toda rica, fiz questão de pagar a conta sozinha, de novo, mas agora por um motivo: em comemoração à mais nova amizade que Deus, aquele vagabundo cósmico, tinha tido a bondade de me presentear. Titubeei dois segundos na hora de colocar a senha, mas ainda havia dois neurônios andarilhos se comunicando dentro da minha cabeça intoxicada. E lá se iam a conta de água de luz e de gás.

Eu ia me lembrar desses dois perdidos por um bom tempo.

Realmente seria uma amizade marcante.

Saí do boteco pronta pra comemorar. Dessa vez, com a barra da calça molhada e o tênis ensopado, porque nem me dei conta que enquanto eu me despedia dos melhores amigos, o moço do esguicho ignorou nossa presença ilustre e mandou-bala no serviço dele sem nos pedir licença.

Já eram cinco e caralhada da manhã e o que me restou foi o letreiro acolhedor de uma padaria 24 horas piscando consumista pra mim. O chapeiro, que já tinha sacado um pão francês banhado na margarina, ficou desolado quando pedi uma longneck estupidamente gelada. Só arredei os pés úmidos dali quando um sujeito mediano, de paletó, cabelo engomado e um cheiro nauseante de colônia de bebê sentou todo centrado do meu lado – eu, que a essa altura fedia fim de festa com cinzeiro do Love History e tinha um hálito ácido que podia derreter os pelinhos do nariz de algum desavisado –, e pediu num tom de voz azul-bebê uma média com adoçante (que filho da puta sadio!) e o maldito pão com manteiga, que o chapeiro cretino, obviamente, tinha deixado de stand by na certeza absoluta de que não ia ter nenhum retardado depois de mim pedindo cerveja pra começar o dia com chave de ouro.

A não ser que eu tivesse vindo com a carreata do arregaço.

Mas não foi o caso.

Vamos seguir do ponto em que fiquei bruxa. E não existe melhor definição que essa.

Eram seis da manhã e me lembrei do trabalho. Da minha cadeira rotatória enferrujada e do meu computador cheio de vírus. Das minhas obrigações de cidadã produtiva e imprestável. Da minha fatia podre numa sociedade de merda que produz potenciais perdedores suicidas, camuflados de homens de negócios, que passam grande parte da vida soterrados na frente de uma tela muda da Apple.

Respirei o mais profundo que a elasticidade comprometida dos meus pulmões cheios de fuligem permitiram e fui atrás da solução.

Na esquina da rua, se encontrava minha solução. Com os bolsos abarrotados de papelotes, um metro e meio de altura, camiseta do Corinthians, escapulário de lata e óculos espelhado, lá estava ele: meu dealer delivery. Esperando disfarçado de flanelinha, nego fudido que nem eu, que passava a noite virado com o copo na mão, e precisava trabalhar no dia seguinte. Ou pelo menos, chegar até o trabalho.

Comprei um arsenal suficiente pra três quintas-feiras, nunca se sabe, e parti pro metrô. A mesma calça impregnada de fumaça, o mesmo tênis ensopado de água de esguicho, a mesma camisa com uma pizza horrível debaixo do braço e o sorriso, que antes era desembestado, agora estava congelado. O cheiro de ontem que eu nem preciso explicar.

No caminho passei numa farmácia e comprei um desodorante com um odor botânico que, combinado com a química que meu corpo estava expurgando, virou um cheiro que eu poderia denominar de "Maldição". Alguma coisa no meu corpo tinha azedado. Borrifei até no tênis, sabe como é. Ainda tive a pachorra de usar o banheiro da farmácia: fiz um xixi de dez minutos que respingou em toda a bunda, tamanha era a força do jato, chupei a pasta de dente do farmacêutico que estava dando sopa em cima da pia, lavei o rosto, as remelas, o pescoço grudento, puxei o cabelo pra trás e fiz um coque fino usando o sebo do cabelo de gel e finalizei a empreitada esticando a maior carreira da últimas quintas-feiras em cima do acento da privada que tinha uma etiqueta enorme: ECONOMIZE. Achei muita ironia.

Me olhei no espelho uma. Duas. Três vezes.

Não havia maneira de me convencer de que eu estava bem. Depois de uma certa idade, a pele desbotada delata uma noite mal dormida. Não é igual na adolescência, que eu podia virar duas noites seguidas e minha cútis continuava reluzente. Agora não. Parecia que um caminhão tinha passado por cima de mim e dado ré três vezes.

Saí do banheiro mais bicuda do que bruxa: olhar vidrado sorriso-sem-curva passos de soldado tronco engessado e cheiro de enxofre. Na minha cabeça, estava tudo ótimo. Eu poderia trabalhar por dois dias seguidos enquanto meus bolsos estivessem cheios e meus dedos articulando.

Cheguei ao escritório megabicuda, completamente silenciosa.

Convicta da minha sanidade.

Naquela correria de sexta-feira ninguém nem notou minha meia-muda-presença.

As pessoas tinham mais o que fazer do que se preocupar com a minha vida.

Se é que aquilo era vida.

Tentei entender aquele povo de cara limpa, que estava numa sexta-feira produtiva e eu ainda estava na quinta.

Meus pensamentos eram de quinta.

Meu cheiro era de quinta.

Minha cabeça estava tomada por quinta.

Trabalhei que nem uma máquina eficiente sem botão de stop. Sabe lá Deus o que podia acontecer se eu parasse pra suspirar. Fui no banheiro umas 35 vezes pra manter o ritmo boliviano, suei frio mais do que gostaria, meus dedos das mãos tremiam por causa do efeito duplicado da farinha trangênica feita com massa de pão de queijo e vidro moído que quase trava meu mecanismo. Estava meio difícil datilografar, confesso. Fiquei mais fedida, e no fim do dia, eu devia estar com uma coloração verde-musgo estilo maracujá velho.

Acabou o expediente e eu estava mais louca que o Batman.

De novo, todo mundo foi pro happy hour pra festejar o fim da semana e eu junto, pra comemorar a continuação da quinta. Depois da balbúrdia, todos foram pra casa pra ter um sábado merecido de preguiça na cama, e eu continuei. Paguei meus chopes as fritas a mortadela e um caldo de feijão maldito que me deu ânsia só de ler. Peregrinei por um par de botecos, mas desta vez não fiz amizades porque minha boca travava, me impedindo de articular a mandíbula para qualquer tipo de diálogo.

Essa coisa de ficar bicuda por muito tempo deixa a gente antissocial.

Foi um tête-à-tête entre o copo e eu.

Depois parti robótica pra padaria, eu e meus dois quilos a menos, o chapeiro já me olhou com cara de desconfiado por causa do dia anterior, que pra mim ainda era o mesmo dia. Pedi uma coxinha com catupiry pra forrar o estômago oco e rebati o frango desfiado de procedência duvidosa com um copo de conhaque pra deixar o queixo caído do sujeito, que já tinha aberto uma cerva estupidamente gelada pra mim. O que me fez lembrar automaticamente do meu amigo flanelinha, que estava pontual na mesma esquina, com a mesma cara de filho da puta e um salário mínimo feito em dois dias só nas minhas costas. Deixei com ele a compra do mês e a conta do celular, que, sem sombra de dúvidas, seria desativado pela maldita operadora. Uma das heranças mais desagradáveis de torrar minha grana em merda era: ligação a cobrar.

Comprei o necessário pra derrubar um elefante, e lembrei a tempo de que não era mais quinta, que não era nem sexta que não tinha a porra do trabalho pra ir.

Eu já estava no sábado e minha noção de tempo completamente distorcida. Isso acontecia sempre de quinta a domingo: o tempo ficava bastante relativo. Eu dosava os dias da semana pelo número de papelotes aspirados. Ou pela falência do nariz. Dava no mesmo.

Então fui pra casa colocar a vida em ordem.

Dizem que quando a gente organiza a casa a vida entra no eixo.

E eu estava precisando me localizar no tempo.

Mas não sem antes comprar um engradado de cerveja. Pago em dinheiro, porque a senha desapareceu dos meus dados de memória.

Arrumei a cozinha, arreei as panelas, encerei os tacos, aspirei a sala o quarto o teto e todo o resto de solução que vinha empacotada em peso, dentro do meu bolso envenenado. Dobrei os lençóis, organizei os CDs e lavei duas máquinas de roupa química, que nem ficando de molho no Sapólio se libertariam do cheiro de antes de anteontem.

Já era fim de tarde quando desempoeirei a casa toda e me dei conta de que não passava mais ar pelas minhas ventas obstruídas: nada entrava e nada saía. Gastei o último rolo de papel higiênico assoando a podridão que tinha impregnado meu cérebro, na esperança de cheirar o último sobrevivente. Mas é claro que o bule não ia desentupir nem se eu chamasse a Higitec. Dava pra fazer uma festa com o que tinha saído de mim. Então resolvi, enfim, tomar um banho pra acalmar o espírito. Infelizmente o mal-estar que eu sentia vinha das víceras e não teve maneira de me sentir melhor.

Tomei o segundo banho pra aliviar a paranoia que chegava monstra, junto com o fim do pó: um barulho de sirene amaldiçoado que ficava que nem um zumbido me assombrando e me fez ir até a janela do quarto mais de quinze vezes pra ter certeza que não tinha polícia na portaria do prédio. Olha que bosta.

Daí veio a inevitável caganeira predominantemente líquida que deixou minha bunda branca mais vermelha que batom de puta. Nem me preocupei que o papel higiênico tinha acabado e que eu não tinha dinheiro e nem condições de sair de casa porque a desinteria era caso de ducha. Papel não ia ajudar.

Me olhei no espelho 35 vezes, passei hidratante base massa corrida, mas não teve jeito de ficar apresentável.

Botei um Modess noturno pra evitar surpresas na madrugada e deitei a cabeça de bexiga na cama, com a esperança de dormir. Mas fritei que nem um quibe, de um lado pro outro, porque a quantidade de tóxico ingerida não ia me deixar em paz tão fácil.

Domingo amanhaceu cinza. O sol despontando na janela, meu olho esbugalhado, os passarinhos malditos cantando desde não sei que horas e foi por pouco que eu não saquei uma arma de chumbinho e fiz uma chacina nos desgraçados sonâmbulos.

Passei o dia no maior revestrés. Do banheiro pra cama, da cama pra cozinha, e nessa brincadeira comi todo o arsenal de comida do mês na esperança de recuperar meus quatro quilos perdidos na saga.

Assisti canal aberto o dia inteiro porque a Net já tinha sido cortada. Assoei o nariz no lençol porque não tinha papel. Sei lá que horas minha cabeça inchada parou de me assombrar e capotei num sono profundo.

Acordei no dia seguinte zoada, com o toque estridente do despertador. Ia ser uma epopeia ir pro trabalho naquele estado. Então lembrei que tinha sobrado o último estoque de farinha genérica, que não tinha passado nem a paulada pelas minhas vias nasais, e, antes mesmo de fazer xixi, meti a porcaria narina a dentro sem dó.

Animei na hora. Retomei o fôlego, vesti roupas limpas, passei perfume, mas antes de chegar ao trabalho fui atrás de uma solução rápida pra quando o cansaço inevitável se abatesse sobre mim.

Na esquina da rua, se encontrava minha solução: com os bolsos abarrotados de papelotes, um metro e meio de altura, camiseta do Corinthians, escapulário de lata e óculos espelhado, lá estava ele: meu dealer delivery de plantão.

COPINHO DESCARTÁVEL

Cento e doze passos até a estação.

Dois bueiros abertos e um cheiro de esgoto fermentado invade meu organismo. Dose tóxica matinal diária. A faixa de pedestre abarrotada de sai-da-frente-por-favor-tô-com-pressa e o quase atropelamento do anão skinhead mal-encarado que eu alisei a cabeça pensando que era uma criança. Reflexo estúpido. Que raiva. Não tive a intenção, o cara era um nanico.

Pausa pra assistir o quase desastre da quase criança, mas a agilidade do pequeno "hobbit" acrobata quebrou as pernas do público, que esperava impaciente algum desfecho cinematográfico pra avacalhar com o trânsito de vez. Ele não estava descalço nem tinha o pé peludo, claro que reparei. E bati palma, todo mundo bateu.

Mesma medida de passadas da outra semana. Vale lembrar a rota mal calculada, um quarteirão pra baixo que desembocou na passeata desnecessária das depiladoras sem diploma, e o sol de fritar ovo em capô de carro que parecia um maçarico. A calça grudada na bochecha da bunda peluda, o jeans barato roçando as coxas sem ar e a assadura inevitável em cima dos pelos encravados. Saco o Hipoglós, engatilho pomada no indicador e a vergonha de ser flagrado no banheiro público com as calças arriadas, a perna escancarada, o olho cheio de tique.

Tudo atrasa. Tudo agrava. Tudo arde. A instabilidade dessa cidade de merda escangalha com qualquer previsão. Tropeçar no cadarço em dia de chuva, cair de boca na sarjeta imunda, atochar o pé na merda e empestear um vagão inteiro, já aconteceu de tudo.

A cidade é isso. Uma combinação caótica com recheio eclético. Um purgatório pra quem conta os passos.

Escada rolante abaixo e o alívio de ter chegado na sombra abafada do metrô, misturado à alegria infinita de não ter que mover a virilha em carne viva em hipótese alguma durante míseros 30 segundos. Trinta segundos de ouro. Cronometrado. O povo subindo contrafluxo em direção à luz corrosiva do sol e à minha risadinha diabólica de sobrancelha arqueada. Coitados, não devem ter Hipoglós.

Um fluxo atarantado. Uma desordem bisonha. Um cheiro de desodorante vencido que pelo-amor-de-Deus. Tem gente pra tudo quanto é lado de tudo quanto é jeito indo pra tudo quanto é direção nas mais diferentes velocidades. A cada dois passos, um encontrão com algum desvairado de chacoalhar o crânio. Todo mundo apressado. Correndo vai-saber-do-quê. Bandos de tampinhas desgovernados. Matilha de bailarinas paradas em plié. Cardumes de motoboys vestindo capacetes no cotovelo.

Minha visão em flashes: três piscadas.

Pausa.

Duas piscadas.

Armazeno cenas debaixo das pálpebras recauchutadas no ritmo despadronizado da piscada extrovertida. A musculatura ocular descontrolada, a fadiga inevitável do abrir e fechar sem pausa e a minha cara de psicopata desequilibrado. Exausto, o olho trava. Depois fecha por um tempo qualquer. E não estou dormindo. Por isso os óculos escuros.

Garrafa térmica de café extraforte com tampinha-copo, que eu acho a melhor invenção dos últimos tempos, debaixo do braço pra aplacar sede ansiedade sono e, de quebra, mau cheiro. Os óculos escuros, preso no bolso da camisa polo de gola desbeiçada, eu engatilho na fuça. A luz alógena de dentro da estação me delata.

Um, dois, três.

Terceiro vagão. É nele.

Dez piscadas e um gole gordo de café preto na tampinha-copo-sensação. Deus-me-livre caçar copinhos descartáveis por aí.

O vagão lotado e o susto. Não estava nos meus planos, nem na previsão de hoje. Meu lugar, ocupado. Os outros bancos, não-é-o-meu-mas-tudo-bem, ocupados também. Pior não podia ser. De pé tudo chacoalha, o café que não consigo tomar e o pisc-pisc que me cega em flashs. A outra mão agarrada ao ferro escorregadio e imundo, conhecido como pega-bactérias. Vestígios de salgadinho de milho com baba seca, gordura de coxinha requentada, graxa e suor de mão que não foi lavada depois de chacoalhar o pinto. Um nojo. Sobra só o pé pra me proteger de um encontrão que provavelmente vou receber. Muita gente-formiga esbaforida na sauna a vapor do vagão três.

Quatro piscadas e o suor, a tensão, o braço formigando e nada de tomar café. Pés de prontidão pra descer canelada no primeiro desavisado que me der empurrão.

Duas paradas, entram sete e não sai ninguém.

Desespero. Não-cabe-mais-ninguém-não-dá-pra-respirar. Quatro piscadas. A testa escorrendo no olho, o espasmo desenfreado, as mãos ocupadas pra pegar o lenço e o sabor do café intacto que me deixa introspectivo. A tampinha-copo quase desencaixando e o nervosismo da quantidade de cotovelos que dão rasantes no meu nariz. Sete piscadas. Tentando mover com a força do pensamento os invasores do sai-do-meu-banco-logo-cacete! Nada. Dia atípico. Ou vai ter show na Liberdade, ou passeata de qualquer porcaria, ou um rolezinho em algum shopping da zona leste.

Mais uma parada. Pro meu destino, faltam duas.

O ritmo insuportável de lotação na praça da Sé fica gradativamente assustador. Tem vendedor ambulante, maloqueiros de times rivais se amaldiçoando, duas senhoras vidradas na novela mexicana de roteiro duvidoso, batucada de funk nos bancos de plástico. A cigana de dente podre joga búzios, prevendo o futuro que vem ao caso. E a atrevida da calça legging de cintura mais-que-baixa faz pole dance no ferro ensebado.

Desceram dois, entraram 11.

Ficou sem espaço. Mexer no cabelo ficou complicado.

Nove piscadas e eu entro em crise. O suor alagou os olhos. A garrafa térmica escorregando sovaco abaixo e a tampa-copo, a essa altura, presa pelo poder da mente. Vai-cair-não-não-vai. Putaqueopariu, caiu.

– Vagão maldito!

E o pensamento saiu em voz alta. O corinthiano levou pro lado pessoal, a cigana escondeu os búzios no peito, a safada do pole dance parou a performance e a senhora noveleira estancou a lágrima: esse Luiz Miguel é um maldito mesmo, homem que trai não presta!

O tumulto formado.

Um cotovelo pontudo acerta um strike no meu nariz e o óculos some na imensidão de pés sujos pra nunca mais. Treze piscadas e meia e a frenética crise, inevitável.

"Aê safado, para de piscar pra mim", esganiça a dançarina toda inflamada, pensando que eu estava flertando no vagão. O namorado, quem-diria-alguém-namora-isso-aí, toma as dores da ninfeta e cospe na minha direção, o corinthiano se enfeza com o suíno porque o cuspe respingou pra todo lado e o funk que fica mais alto, mais sujo, mais insuportável. Todo mundo se cotovelando, se esmagando, tá-faltando-ar-porra! E fui ejetado pra fora do vagão – que-alívio-mãe-do-céu-achei-que-ia-morrer! – sem óculos sem copo-tampinha sem amor à vida e completamente cego.

Travou o sistema. A um quarteirão do meu paradeiro. Pedi ajuda pra atravessar a plataforma, pra passar na catraca, subir na escada rolante e, lá em cima, o sol miserável de maçarico parecia o paraíso. Pelo menos tem ar, pelo menos tenho Hipoglós.

Sentei no acho-que-era-um-banco suando frio. A roupa ensopada, cabelo ensebado grudado na testa, pizza debaixo do braço e a braguilha da calça aberta cheia de respingo. Acho que me mijei em algum momento entre o pensamento alto e o lançamento metrô afora. A garrafa térmica colou no sovaco, fazendo vácuo, e fez um "ploc" ao desencaixar. Desrosqueei a preciosidade e aquele vapor gostoso, com cheiro de padaria, acalmou minha musculatura engessada.

Dava pra ouvir os passos das pessoas passando.

Sentir o cheiro de pão francês assado.

O barulho de lotação.

Imaginei o sabor do grão extraforte torrado.

Arrisquei.

– Por favor, alguém aí tem um copinho descartável pra me arrumar?

– Aqui, meu senhor. Deus te ajude.

Cheirava a perfume doce com naftalina e laquê, a velhinha com tremedeira nas mãos.

Servi o café. Derramei nos dedos na blusa na calça. Dei um gole gordo. A pálpebra descolou.

Apoiada numa bengala improvisada, a velha ia embora, andando 2 cm por minuto. Sabe lá Deus que horas vai chegar em casa.

Na minha frente um camelô, que-sorte-da-peste.

Comprei uns óculos escuros e um estoque de copos descartáveis. Vai saber.

Café debaixo do braço. Hipoglós dentro do bolso.

Quarenta e nove passos até a estação.

ACEITA QUE DÓI MENOS

Às 23h59 de sexta-feira eu pressinto meu sábado dando o primeiro sinal de vida.

As pessoas contam os dias da semana pra chegar sabadão e dar aquela esticada na preguiça, dormir de madrugada comendo pizza com guaraná, fazer um sexo lunar com direito a fetiches, cinta-liga, chicote e chantilly. E esperam as festa de sábado à noite, a cerveja do sábado à tarde, aquela estupidamente gelada e que eu não sei o gosto faz tempo, tomam o café da manhã de hotel com direito a ovos, bacon, suco, capuccino e três opções de bolo, comem o pastel engordurado na Benedito Calixto, acompanhado de um chorinho da velha guarda e algumas pisadas no peito do pé.

Mulheres passeiam pelas lojas, compram o que não precisam, marcam de fazer unhas, cabelo e depilação na virilha.

As pessoas descansam.

Sábado é dia de jogar o pé pra cima, de ligar a tecla do "foda-se".

Nem preciso dizer que não me enquadro nesse bloco-feliz.

Meia-noite em ponto o moleque acorda desnorteado pra dar uma mamada deliciosa, com direito a olhinhos fechados e carinho no meu cabelo forrado de nó. É muita ternura num pedaço tão pequeno de gente. Dormindo é um anjo, acordado ele derruba a casa. Então eu insisto em duas mamadeiras seguidas pro moleque ficar empanzinado de leite e me deixar dormir em paz. Depois de um ano e meio sem noites inteiras, quatro horas seguidas de sono é motivo de comemoração. Na hora que eu ponho ele pra dormir, me lanço na minha cama, de tênis e tudo. Cada minuto é precioso. Não quero saber de filme de pipoca de sexo de festinha balada happy hour, de "como foi seu dia". Não quero saber de porra nenhuma.

Eu só quero dormir.

Esse tipo de coisa que a gente aprende no tapa, depois de achar que dá pra fazer alguma coisa enquanto a criança dorme.

Não dá.

Eu tenho que manter minha saúde mental equilibrada, não posso me dar ao luxo de estar exausta no dia seguinte. O moleque depende única e exclusivamente da minha boa vontade. E, se o sono atrasa e o mau humor expande dentro do meu ser, acaba sobrando uns trancos pro pivete, que não entende a procedência de tanta bronca aleatória. Minha qualidade do sono reflete na qualidade dos cuidados que vou ter com ele. E ponto.

Aceita que dói menos.

Eu tinha escutado isso algumas vezes, mas agora entendo o significado real dessa frase de merda.

Sete horas da manhã do santo sábado e o moleque esta de pé gritando de felicidade. Não existe mais dormir até as 11, nem vai existir por um bom tempo.

Claro que estou sozinha nessa barca. O maridão que trabalhou a semana inteira, que acordou muito cedo e foi dormir muito tarde merece um dia de descanso, pelo menos é o que ele acha. Eu não sei exatamente que parte da história ele pulou, mas se esqueceu que eu também sou filha de Deus. Que também acordo com as galinhas todos os dias, incluíndo sábado, domingo, feriados e Ano-Novo, que trabalho que nem mula dentro de casa – e não tem trabalho mais exaustivo que esse.

Cuidar de moleque é foda, não dá pra arrancar a bateria, desligar o brinquedo e trancar no armário. Simplesmente não dá. É muita função. E durante o sono da manhã e a pestana da tarde não vai pensando que eu tiro um cochilo de bunda descoberta assistindo *Sex and The City*.

Não mesmo.

Eu tenho que escrever textos lavar roupas esfregar louça preparar comida, arrumar brinquedos cuidar dos cachorros pagar conta no banco, varrer a sala e escrever de novo ligar na dermatologista marcar dentista falar com a advogada, fazer sacolão colocar o carro pra lavar comprar fraldas ensaboar o carrinho todo vomitado, tentar tomar um banho e, por fim, escrever. Isso em tempo recorde, claro, porque a criança tira cochilos de meia hora e olhe lá. Por muito tempo eu quis debater com meu respectivo sobre esse desajuste surreal entre nossas necessidades, que promovia em mim crises de fúria catastróficas e me rendeu comentários maliciosos da parte que acha que é protegida por Deus, do tipo:

– Acho melhor você voltar a tomar remédio, não acha? Gente bipolar não tem cura.

Imagina minha cara ao escutar esse despautério.

Tempos depois aceitei, de uma vez por todas, que homem pensa com a cabeça do pinto, e que não adianta tentar um diálogo. De novo vinha aquela frase nebulosa que me persegue:

– Aceita que dói menos.

Dói menos mesmo.

Decidi não contar mais com a ajuda alheia ou com algum tipo de consideração. Então arregacei as mangas e vi realmente que é mais fácil tocar a carreata sozinha, sem esperar cooperação. É muito desgastante bater na mesma tecla todo dia durante um ano. Eu abri mão. Deixei de acreditar que num dia iluminado, por um milagre divino eu abriria os olhos e ouviria uma sentença confortante:

– Descansa, amor, pode dormir, eu cuido do bebê, pode deixar.

Por favor, isso nunca aconteceu e nem vai acontecer.

Cai na real mulher!

O que eu faço de vez em quando é entrar no carro e sair de cena. Nem quero saber se o outro está com sono com depressão com pintite aguda. Eu sumo do mapa e volto fim de tarde. Como não dá pra argumentar, desligo o telefone e vou cuidar de mim. Ele que se vire com a criança, que troque as fraldas faça almoço dê banho leve na pracinha, que se enfie na casa da mãe pra ela fazer o trabalho braçal por ele. Porque homem é um bicho folgado, não segura o rojão sozinho.

Não tô nem aí. Contanto que me deixe em paz.

Expectativa é uma merda, ela traz angústia. Mas quando você elimina a expectativa do caderninho de emoções, acabou o problema. Se é bom ou ruim perder a vontade de argumentar, porque sabe que não vai dar em nada, é um ponto que não vem ao caso. Só sei que foi assim que aconteceu comigo depois que quase tive um colapso-nervoso.

Então já era sábado de manhã, o menino acordou, dei café da manhã, enfiei uma banana na minha goela pra dizer que eu tinha tomado o café da manhã de hotel do sábado e resolvi chamar a pessoa que hibernava para irmos juntos na praça.

– Meu Deus, mas ainda é madrugada, fecha a janela, caralho, fui dormir três da manhã...

– Foi porque quis, né? Não dormiu cedo por quê? Levanta a bunda vai, vem fazer companhia pra gente pelo menos de sábado, porra, tomar no cu né...

É um tipo de "bom dia" que eu não desejo pra ninguém.

Na pracinha as outras mães já estavam de plantão, alguns pais acompanhados de babá, pois com certeza a esposa tinha fugido pra algum spa com o amante. O menino brincando no cercado de areia já tinha feito amizade com um comparsa alguns meses mais novo. A mãe do novato marcando território ao redor da cria indefesa. Foi nessa brecha que meu delinquente resolveu fazer carinho no amiguinho. Carinho de criança é coisa suspeita, pro afago virar um safanão, pro beijinho no rosto virar mordida é coisa de meio segundo.

E foi bem isso que aconteceu.

Na segunda alisada que meu monstrinho deu na cabeça do pimpolho eu vi dois chifrinhos despontarem no topo da cabeça dele. Abriu a mão encardida e meteu um safanão certeiro no cocuruto do Zé Fraldinha. A mãe que rodeava a cria, que nem galinha com pintinho novo, deu um pulo de meio metro e logo foi checar pra ver se a moleira do filhote estava no lugar. Nesse caso nem se eu pedisse mil desculpas ela mudaria a feição de terror. Ali acabou a pracinha pra minha prole. Peguei meu pivete no colo, conversei com ele dizendo que aquela atitude era horrorosa e ele me distribuiu um tapão certeiro bem no meio da fuça. Daí a casa dele caiu. Ele se ligou que meu olho encheu de sangue e saiu correndo pelo jardim, eu o agarrei pelas pernas e o maridão olhando espantado aquela cena de perseguição pitoresca.

– Dá pra ajudar ou vai ficar assistindo minha desgraça de camarote?!

O moleque se debatia, parecia que estava indo pro matadouro. Tomei chute tapa arranhão e mordida. Quando já estava amordaçado, no carrinho, percebi que o fedelho tinha pisado em alguma coisa suspeita. Que era mais mole que barro, mais marrom-fezes que marrom-terra.

– Não pode ser!

Cheirei minha mão. Era barro? Meu Deus. Espalhado na minha roupa espatifado no encosto do carrinho chamuscado no meu pescoço respingado no cabelo, em tudo.

– Não! Isso é merda? Cheira aí!

– Nem a pau! É merda.

– Não. É barro, me diz que é barro.

– Marrom claro desse jeito? Aceita que dói menos.

Saí da pracinha literalmente enfezada. Era bosta pra todo lado. Alguma coisa nos meus sentidos tinha adormecido por alguns instantes pra dar conta da minha negação do marrom-fezes, mas em poucos minutos meu olfato voltou a ter vida e a catinga se expandiu igual cheiro de Cheetos bolinha sabor queijo. Parecia que tinha uma fralda suja presa na minha nuca.

Arranquei as meias do trombadinha e limpei a confusão com ela, do jeito que dava. Pelo menos a camada de rastro em maior evidência consegui tirar. A meia foi pro lixo ali mesmo. E o Crocs foi pro saquinho de pegar bosta de cachorro que distribuíam na praça:

– Material químico.

Não pense que eu cheguei em casa e tomei banho.

O moleque já dormia e foi direto pro quarto. E, eu, direto pro tanque esfregar o sapato sorteado. Eu não sei quem inventou aquela sola cheia de curvinhas e buraquinhos, mas me deu uma raiva danada ter que pegar um palito de sorvete pra limpar aquela desgraça.

Não tem coisa mais nojenta do que ficar remexendo bosta de cachorro com palito.

Mas eu tinha escolha? Jogar no lixo um quase minitênis de cem paus só se eu cagasse dólar.

Do tanque fui dirigir o fogão. Eu devia ter menos de 40 minutos pra dar conta do almoço. Quando a gente tem homem em casa uma saladinha com atum não dá conta do recado. Homem é bicho esganado, tem uma maquinaria grande pra arrastar. Precisa de arroz feijão bife purê macarrão a bolonhesa e frango no forno. É um massacre ter que cozinhar pra um pelotão todo dia. De vez em quando, ainda vai, é um prazer tirar um dia e se fantasiar de dona de casa. Mas todo dia me faz o favor, é uma situação torturante. Quando eu escuto a palavra casamento minha crista arrepia. Será que precisa? Será que eu tenho estrutura pra bancar esse tipo de relação? Sinceramente, acho que não. A rotina vai fuder com meu esquema. Aí o relacionamento fica com prazo de validade de produtos orgânicos. Se de fim de semana eu já não aguento, de segunda a segunda vai ser a cota pra eu perder o juízo de uma vez por todas. Essa coisa de arroz com feijão todo dia extermina minha vontade de uma vida conjugal.

Quando a marmita ficou pronta, pensei: cacete, vou almoçar antes do moleque acordar e, se der sorte, ainda arranco essa catinga espalhada pelo corpo. Mas o moleque acordou e meu sonho acabou. Sentamos à mesa, um alegre almoço de sábado: eu completamente embosteada dando comida pro menino, o machão devorando o rango com todos os ingredientes do mundo, menos o condimento mais precioso: amor. Dizem que comida de mãe tem esse tempero especial. Não o meu. O meu tem cansaço, tem fome, tem bosta salpicada... Mas amor, na boa, amor não achei na geladeira.

Almocei o que sobrou do prato do guri e me dei por satisfeita. Fome àquela altura da competição era a única coisa que eu não tinha.

E daí, quando eu penso que vou tomar banho...

– Amor, tô entrando no banho, tá? Tira a roupa do moleque e traz ele pra mim.

Quando eu acho que vai dar pra respirar, acontecem mais surpresas. Uma coisa é você tirar a roupa do menino, arrancar a fralda, encher a banheira de água, lavar a bunda suja dele, ensaboar o cabelo, cantar música, secar o menino, esvaziar a banheira, enxugar o cabelo, secar a virilha, dependurar a toalha, passar pomada, cortar as unhas, vestir fralda limpa, escolher uma roupa, vestir essa roupinha em meio a pontapés, calçar as botinhas tomando soco no nariz e pronto. Banho finalizado. Outra coisa é você entrar no banho, receber o Zé Coisinho pelado nas mãos, passar um sabonete na bunda dele e cinco minutos depois gritar:

– Amooooor, acabou o banho, vem buscar que tá pronto!

Isso pra mim não é dar banho. Isso pra mim é falta de semancol. Dar banho é um processo que inclui desde tirar as roupas e as vestir novamente. Passar água na bunda e gritar pra alguém vir buscar é palhaçada.

Realmente fico injuriada com esse tipo de ajuda. Porque não ajuda em nada. Mas vai tentar argumentar pra ver o que cansa mais.

Entendeu a lógica da coisa? Eu não tenho mais pavio pra isso.

Depois do banho, era hora do rolê de sábado à tarde. Primeira parada: Alô Bebê. É isso que sobrou pra mim. Os bicos das mamadeiras esburacados, os cabides que faltavam...

Não deu durante a semana, então chora, papai.

Nesse meio segundo entre o banho e a saída, mais uma surpresa agradável de sábado à tarde: apareceu meu irmão e a penca de filhos pra dar aquele rolê de bicicleta que mais me parecia obrigação do que prazer, pela cara de enterro dele. Tem isso também: os filhos vão crescendo e as pentelhações só se deslocam no tempo. Todo sábado à tarde ele aparece pra pegar as bicicletas, todo sábado à tarde ele está injuriado. Ele também devia querer esticar o pé pra cima, abrir uma gelada e assistir futebol. Mas com filho camarada, pode esquecer. Mas nesse dia tinha acontecido uma fatalidade: as bicicletas estavam trancadas com cadeado. Escutei as maldições sendo rogadas em alto e bom som do jardim.

– Não acredito, quem foi o jumento o infeliz o arrombado que trancou essa merda com cadeado?

E daí ouvi meu nome sendo aclamado.

Apareci de toalha.

– Nem adianta olhar pra mim, mano, eu nunca ando com essa merda, nunca andei, tá vendo cadeira de criança presa no guidão? Não, né? Então nem vem descontar sua frustração em mim, meu cu, desta vez, não tá na reta, liga pro responsável...

Que, no caso, era a outra irmã. Que tinha trancado de propósito as magrelas, por conta de um desaparecimento misterioso de uma bicicleta dela que ninguém se apresentou para assumir o crime, mas que ela deduziu que só poderia ter sido ele, afinal, só eles andavam com aquela merda. Só eles tinham adolescentes e, portanto, de sábado, essa função estava inclusa obrigatoriamente no programa dele. Então, fina e elegante, ela passou cadeado em tudo.

Achou que tinha resolvido o problema. Coitada...

– Cadê a marreta?

Ouvi o barulho de arrombamento.

Dez minutos depois ele já tinha vazado.

– E vou levar as bicicletas dessa otária pra casa. Avisa que fui eu.

Sábado promete.

E lá estávamos nós, na loja das famílias desesperadas.

Parece que a minha realidade era a mesma que a de centenas de famílias, porque, quando cheguei na loja, parecia o mercadão de Pinheiros. Tinha gente saindo pelo ladrão.

Meu marido de cara, cantou a bola:

– Vamo embora desse inferno, mulher. Olha isso!

Mas eu racionalizo as coisas.

– Nem fudendo, depois eu tenho que vir sozinha com o bacalhau aqui nessa joça. Pelo menos não preciso ficar com ele dependurado no meu pescoço, se atirando nas prateleiras. Cadê o moleque? Meu Deus, homem, você já perdeu o pestinha!

Ele saiu correndo pra um lado. Eu pra outro.

Peguei bicos de silicone, cabides da galinha pintadinha, trava de armário da cozinha, porque não dava pra cozinhar enquanto meu assistente jogava toda a louça no chão. É de dar desespero.

Na fila foi que minha ficha caiu.

– Oi mocinha, por favor, tem fila preferencial? Tô com criança de colo e grávida de dois meses, tem como você me ajudar?

Essa mentira da gravidez eu uso sempre. Bobeou, eu tô gravida.

– Todo mundo aqui é prioridade senhora, lamento. Só tem criança e gestante aqui, reparou?

Vaca.

Na boa. Aceita que dói menos.

– Vambora desse antro de gestante, vamo logo que essa coisa de ter barriga contagia.

– Deus me livre!

E esse foi o primeiro comentário racional do meu marido. Nisso a gente estava de acordo: mais um e eu me internava num hospício.

Já era fim de tarde e o sábado estava acabando. Não deu pra fazer nada, como sempre.

Então, nossa última esperança era pegar uma reunião no Narcóticos Anônimos, o clube de loucos mais cotado de São Paulo, pra não cair na tentação de sentar num boteco e pedir dois rabos de galo e um papelote de cocaína pra aliviar o desespero de não ter mais-fim-de-semana. O que a gente tem é uma eterna continuação de segunda-feira. E é melhor aceitar que dói bem menos.

Na reunião, o de sempre. Gente depressiva louca compulsiva paranoica tarada obsessiva, gente com vontade de morrer de viver de sumir de matar. Gente com tique com toque tendo ataque. Gente como a gente.

O fedelho vai lá desde que nasceu. Mas depois que começou a andar e ter vontade própria, da sala inteira, ele, disparado, é o pior de todos.

E tem mais, ele descobriu o bebedouro, que fica no canto esquerdo da sala, e que tem duas válvulas que cospem água exatamente na altura dele. Sabe o que acontece quando eu chego na reunião? Viro guarda-costas de bebedouro. E sabe o que acontece quando eu faço uma barreira no caminho? Ele grita. E sabe o que acontece depois de cinco minutos que eu chego na sala? Tenho que ir embora porque ninguém consegue escutar o próprio pensamento, com um miniadicto tocando o terror. Vou no grupo me tratar e saio de lá desequilibrada no volume máximo.

Quando eu penso que em breve ele vai pra escolinha só me vem dois nomes na cabeça: berçário Carandiruzinho ou Escolinha Preparatória Fundação Casinha. Disso pra baixo. O menino teve a quem puxar. A genética não perdoa.

Daí a gente desce pra fumar um cigarro, pra relaxar, e vê, do outro lado da rua, a menos de dez metros, o descolado happy hour da galera que não é doente da cabeça, que não precisa de reunião pra pensar direito, que tem o sábado todo pela frente. É o choque de realidade mais bizarro de São Paulo. De um lado da calçada só dependente químico corroído, do outro, só garrafa de champanhe. É uma maravilha saber que sua vida é uma bosta, que você é um imprestável, e que nem drogas você soube usar direito. E sábado vai fechando com chave de ouro.

– Chega, vamos pra casa, tô só o pó.

– Para no supermercado pra comprar um pãozinho, vai, não tenho condições psicológicas de umbigar um fogão a essa altura do meu sábado.

Não sei quem foi o infeliz que inventou o slogan "lugar de gente feliz". Lá é tudo, menos lugar de gente feliz. Ainda mais sábado à noite. Gente se acotovelando carrinho dando entrada no joelho preços fora da realidade... Todo mundo do planeta esta lá comprando os últimos ingredientes que faltam pra aproveitar um desesperado sábado à noite que vai virar domingo em algumas horas. O tempo está passando e todo mundo se atropelando.

Eu só queria pão. E o pão estava lá desde as seis da tarde. Murcho. Triste. Alguns mais morenos que o normal. Aquela casca que fura o céu da boca, aquele miolo virando polvilho. E a fila no caixa. Essa sim de desandar com o esquema de qualquer sábado. Eu fico me perguntando pra quê caixa-rápido se tem quatro máquinas registradoras e só uma coitada atendendo todo mundo. É a maior fila de todas. Eu vi que não ia dar jogo ficar ali. Então usei minha arma secreta: sou gestante. E toquei pra fila preferencial. Nessa sim, uma velhinha caquética e eu. A mocinha da caixa registradora só me deu aquela filmada de cima abaixo e sacou o aviso que estava decorado propositalmente num tom sarcástico.

– Aqui é preferencial, senhora.

– Sou gestante.

Eu vi que a petulante não esboçou sentimento.

– Que foi, não parece? Então vai me dizer que aqui, no lugar de gente feliz, também é uma exigência andar com ultrassom na bolsa. Chama a gerente.

Em mentira sou boa. Acredito tanto nas minhas mentiras que elas acabam virando verdade. Nem chamou a gerente. Deve ter lembrado que uma mulher grávida, com os hormônios à flor da pele, é capaz de chamar o PROCON pra garantir seus direitos.

– É, querida, aceita que dói menos.

Em casa, o de sempre. Comida pro moleque migalhas pra mim, a ceia estava feita.

Me lancei na cama. Nem cobertor, nem pijama. Nada.

Deu cinco minutos, o marido sonâmbulo me chama afobado.

– Ô, levanta, vem ver, maior barraco aqui na porta. O seu polícia parou um carro bem aqui na frente e tá dando a maior geral nos félasdaputa. Será que é ladrão?

– Sei lá.

Os dois debruçados em frente à câmera de segurança no meio da sala.

– É uma mina?

– Não, dois caras.

– Não, é uma mulher, sim. O cara tá dando um pente fino na bolsa dela, que coisa hein? Que será que aconteceu?

– Ah, deve ser nada, deviam ter parado o carro aqui na frente pra esticar uma carreira, a barca passou caçando assunto em bairro de gente rica, deu sirene, o cara teve um ataque cardíaco e sem querer pisou no acelerador, aí já viu...

– Será?

– Sei lá, tô só especulando...

– Ah...

E foi essa a parte mais animada do nosso sábado. Ficamos ali, de mãos dadas, trocando ideias absurdas, abduzidos pela tela da segurança.

Onze e cinquenta e nove. E lá se escoava nosso sábado promissor. Com direito à cena de filme policial e tudo.

Não dá pra dizer que não foi um dia animado.

BILHETE COM CHICLETE

Deixou o recado-granada preso com chiclete chupado, quase sem grude, no espelho quebrado do corredor, escrito num guardanapo usado, sujo de café fraco e bolo vencido de chocolate queimado.

Deixou ali e se escafedeu.

A escrita tremida de pressa arranjada às pressas, impregnada de um evidente cu-na-mão colossal de que eu acordasse e pegasse o verme no pulo no flagra na hora H do desfecho final da nossa tragédia amorosa, caguetava a filhadaputagem indescritível do desaparecimento inescrupuloso e sem nenhum fiapo de classe do meu preterido cônjuge. Ex-futuro marido.

Provável vitima de um assassinato a sangue frio, arquitetado meticulosamente nas catacumbas da minha Batcaverna, resultado lógico da minha situação inaceitável de mulher abandonada por bilhete preso com chiclete.

Quando eu acordei, o olho selado com remelas ressecadas e o rímel à prova d'água mantiveram obstruídas minhas pálpebras desnutridas e amarrotadas. Não sei que horas eram exatamente, mas o sol já não atordoava a janela de persiana trincada, nenhum passarinho paranoico arrotando disposição e insônia, nem exus de chuquinha se estapeando na praça, na fila do escorregador enferrujado.

Estiquei o braço adormecido pro lado, disfarçando um espreguiço mal intencionado e só senti o travesseiro vazio úmido de tão frio, sem circulação.

Pensei, por meio instante, que tinha perdido o sangue das mãos, que meus dedos estavam necrosados, que minha diabetes tinha passado pro nível quatro e que seria a hora de amputar todas as pontas das minhas extremidades, agora inúteis. Da língua do cérebro do clitóris e do coração. E que de fato eu tinha desfrutado de uma vida de atropelos sem discriminação, dos quais nunca consegui anotar a placa e, enfim, era hora de repensar meus motivos existenciais, minhas prioridades estúpidas, minha eterna procrastinação de qualquer coisa que agregasse sensação de bem-estar à minha saúde capenga e à minha rotina desvirtuada.

Não, não tinha mais ninguém ali.

Pensei: ele devia estar cagando ou qualquer coisa que se enquadrasse na lista matutina de assepsia indigesta do sujeito. Era comum, pela manhã, sons bizonhos de gases abafados na cueca pesada, emplastrada de camadas misteriosas e resistentes ao cloro e Sapólio. Ou o som inenarrável do nariz-depósito sendo deflorado, seguido de uma ânsia de vomito que quase sempre deixava na pia um rastro tenebroso de biles amarga e amarelada com nicotina cinza-esverdeada encrostada no pulmão velho de guerra do veterano de botecos.

Levantei da cama ainda sem enxergar. As pernas formigando de uma forma peculiar que cheguei a ter aflição de mim mesma e precisei de alguns minutos para entender que mais um dia estava nascendo ou acabando, não sei exatamente.

Vaguei direto pro vaso sanitário trincado e sem tampa, retirada estrategicamente depois dos ataques de sonambulismo do mijão sem pontaria nem bom senso. Foi-se o tempo de esfregar azulejo com plasma pegajoso de substâncias misteriosas, uma etapa importante do nosso relacionamento, e teve direito a comemorações e data marcada com estrela na agenda de descompromissos, objeto meramente ilustrativo e que ocasionalmente tinha folhas arrancadas, com angústia e desespero, para servirem de canudo quando a nota de dois já estava úmida de corisa do nosso sempre presente resfriado, de um vírus boliviano ainda não catalogado.

Olhar a privada musguenta com um cocô náufrago me deu total conforto. Queria dizer que a bunda peluda dele tinha se derramado naquela louça e que eu o encontraria pelado, sentado no sofá arrematado de uma caçamba de lixo, com as pernas abertas a espalhar pentelhos grisalhos por toda nossa santa sala de mal-estar, templo sagrado de adoração de rebordosas infinitas e silenciosas.

A minha mania de analisar merda no vaso me levou a uma época sombria, a querer estudar medicina e todas as suas subdivisões. Quando nos alimentávamos bem e dormíamos decentemente, o cocô era cilíndrico firme macio e encorpado, boiava tranquilo e cheio de fibras. Mas quando a noite era uma eterna continuação de ontem, o excremento era tipo lápis, fino e comprido, com flocos esquisitos e coloração de titica, e quase sempre se despedaçava e grudava no fundo da cerâmica de uma forma impiedosa. Não havia nesses dias descarga que removesse a borra, e tínhamos que conviver com aquelas lembranças disformes e irrespiráveis até que a teimosia química se desfizesse por exaustão.

Então ginguei garbosa pelo corredor e foi quando me deparei com um guardanapo preso na ponta do espelho-do-azar, mas não pude anteceder que aquilo era um comunicado de desarmonia.

Com ressaca, ninguém tem intuição.

Acometida pela gripe misteriosa, que carinhosamente apelidamos de "Constipação Pablo Escobar", dei uma assoada cinematográfica sem imaginar que dentro das minhas mucosas eu encontraria um segredo psicografado que arrasaria minha autoestima pelos próximos meses. Desentupi minhas vias condutoras de porcaria e, pra não perder o costume, nem meu diploma intuitivo de medicina, abri o guardanapo para analisar a constituição enigmática do ranho expelido.

O que pude ver foi que o que saiu de mim, ainda dava para fazer uma festa, mas não achei um termo técnico que pudesse dar conta do recado. E embaixo do desperdício todo, lá estavam elas: as letras garrafais que o estrupício cautelosamente selecionou para acabar com nosso embeiçamento.

"Não consigo mais. Preciso de ar. Acabou."

E foi isso. Palhaçada pura e sem gelo.

Nem um sinal de sentimento por trás da Bic falhada. Só rastros de um desjejum rápido que ele mal teve tempo de deglutir.

A cozinha estava virada do avesso. E, analisando sensatamente o desenho da cena toda, notei alguns quadros dentro do contexto que poderiam ter desencadeado a renúncia áspera do nosso enlace.

Haviam cerâmicas espatifadas pelo chão, isso deduz que em algum momento eu tive um ímpeto surto de hostilidade, e, embora eu tivesse jurado a ele a mim mesma a Deus e à Santa-não-sei-das-quantas que nunca mais teria acessos de cólera, se não me engano, eu menti. Se enquadrava na lista de objetos estilhaçados, tragicamente, a maldita xícara de caveira que ele mesmo esculpiu, num curso mentecapto de cerâmica que ele fez numa fase orgânica da nossa vida, e que era usada somente para o uísque encorpado que guardávamos no fundo do forno, artefato meramente ilustrativo da cozinha que nunca cozinhava nada, a não ser blocos empedrados de barbitúricos, que eram batidos cautelosamente no vidro que cobria as bocas do fogão após ser esquentado em fogo brando. A medida tinha que ser exata pra não empastar o fármaco entorpecente e dar tremedeira e desentendimento entre as partes envolvidas no ato perverso. Coisas empastadas não podiam ser aspiradas e esfregar aquela batelada de resíduo químico na gengiva era um desaproveitamento singular, que fazia as mucosas das nossas bocas-de-latrina hibernar.

Os cinzeiros estavam virados. Era muita guimba de cigarro espalhada no chão e na pia.

Lembro de ter fumado que nem puta abandonada, mas o ponto era que, no meio da porcariada toda, as baganas de baseado tinham se escafedido. Todas elas. Era de praxe juntar as miúdas num grande cone e fumar até o toco quando acordávamos podres, para tentar almoçar qualquer coisa que recuperasse nosso bucho corrompido. Mas o devasso tinha acordado antes e feito a rapa no nosso cemitério, e de toda a maldade que ele tinha arquitetado contra mim, essa era a pior de todas. Passar o dia seguinte no revertério, sem nenhum estimulante, era pior que pena de morte. Nossa maconha era um catalisador de mal-estar. Ele sabia disso. Previu todos os passos que nem um psicopata possuído.

Então lá estava eu. Ou o que sobrou de mim.

Derramada no sofá de inoportunos pelos acinzentados a pinicar minha bunda branca, segurando ainda em minhas mãos melancólicas o tétrico bilhete recheado de ranho, restos e ruína.

Era um desfecho homérico para nosso épico e ousado enredo.

Mas não estava delineado no roteiro forreca a cueca freada ainda desmaiada no canto da sala, e que eu nunca lavaria, ou ousaria cheirá-la demoradamente por arrastados e doentios meses. Ou que eu colaria aquela porcaria de xícara, estilhaço por estilhaço, obsessivamente, e que, pra essa proeza pudesse acontecer com perfeição, tive que manter minha cozinha virada do avesso durante muito tempo pra dar conta de reaver todos os micro-pedacinhos espatifados da caveira amaldiçoada, no desengano de que o sumido reaparecesse para explicar a cafajestada. E que eu jamais daria descarga naquele toroço negro que chamuscava a porcelana da minha privada, e que fiquei cagando em saquinhos plásticos recicláveis e mijando na pia de cócoras até o morador do andar de cima reclamar desconsolado com o coitado do síndico do cheiro de fossa repugnante que se expandia pela minha janela.

Nem que eu penduraria aquele guardanapo bolorento e rançoso numa moldura especial na cabeceira da minha cama cheia de ecos, para lembrar eternamente do dia em que fui abandonada por bilhete com chiclete.

Eu vivia dentro de um poema peludo que foi abandonado às pressas. Tentei até inventar uns versos, dar rima naquela situação de merda. Mas não consegui.

Achei que eu nunca seria abandonada.

No entanto, eu tinha sido feita pra isso.

ANÔNIMOS

Não lembro a hora. Não importa que horas eram. Nesta cidade abarrotada de carros, gente e bactéria, o tempo é relativo. Melhor sair de casa cedo e voltar tarde. Faz-se o que dá no meio tempo. E o possível pra voltar vivo.

Nem sei por onde devo começar. A falar. Quando o encontrei.

Entrei pela porta dos fundos – aquilo sim, era fundos. Não podia ser entrada pra nada. E tudo parecia um comercial de margarina. Parecia que estava resolvido. E cheirava suor. E hálito de gente com sede. E felicidade nem sei como. Tudo de repente fazia sentido. A minha futura família Doriana.

Odeio margarina.

Esse mundo surpreende.

– Se apresenta. Primeiro nome. Tempo limpo. Se quiser.

Habituado, nem me notou. Tentei até. Nem meio pensamento. Nada.

Mais uma chegando. Devia ser todo dia igual. Chegou outra. E aqueles que sumiram. Tanto faz. Não faz diferença. Essa fatia gorda de gente que não fica. E a maioria não fica.

Eu, escorregadia. Esperando um milagre. O sinal divino. Um cuspe de Deus. Que nada. E depois disso foi a mesma coisa toda tarde. Semana após semana. O ano foi igual ao ano inteiro até agora.

– Menina, não acredito que você usa Crocs. Vermelho.

– É.

– Sabe, é horrível.

Passei a vestir sapato. E calça comprida. Sentar com jeans era uma merda. Apertava meu corpo. Minha vida esmagada. E eu esperava o segredo da próxima. Semana atrás de semana. Qual momento ele ia olhar sem disfarçar. Meu cabelo raspado. O sapato nojento. Só ia falar: não acredito que você usa perfume doce. E eu ia me lavar. Correndo.

Ele nem sabia. Queria que fosse meu marido. Mas nada. Nem um aceno. Nunca. Aquela cara de que sabia. Sabe? Ele tinha. Ainda mais mudo. Era perfeito. Do tipo que podia ser famoso. Se quisesse. Só que ele não queria.

Eu não queria. Estar ali. Mas estava. Era o que o tinha pra hoje.

Daí vem o destino. E torce tudo. Põe a vida na máquina de lavar. O antes o durante e o que vai vir. Gira tudo. Depois seca. E o que nem servia até encolhe. E a gente até tenta usar todo apertado, na vida esmagada. Aí desiste. E joga fora. Sobra dois punhados de peças. Meia calcinha, uma camiseta furada. É o que basta.

Aquele filho da puta que disse. Eu escutei. Porque sento ali todo dia na mesma hora faz um ano. E escuto tudo. Até o que eu não quero. O cretino. Que solta a pérola, depois some. Disse: um homem só precisa daquilo que pode carregar.

O maldito estava certo.

E eu tenho pouco. Por isso.

Sobrou nada.

Mas eu não podia desistir. Dele. E da sala azul. E um monte de sorriso Doriana. E aquela sensação de que tudo bem. Mas por dentro. Por dentro era tudo podre. Era um monte de ressentimento. De coisa errada na vida. Por isso. Família Doriana o cacete. Ardendo de colesterol naquele pote plástico angelical. Com sol.

Não parei por aí. Nem pense.

Duas horas. Por dia. Dia após dia. E já passou um ano. E ouvi ele falando. Das mulheres, das inúteis às descartáveis. Da noite, a luxúria e a cara inchada. A ressaca moral, da ira da ressaca moral. Da vida, aquela que tinha sido roubada. E da nova, que vinha ser devolvida. Eu vi esperança. Nem sei como, mas ali tinha. E me apaixonei. Pela mentira toda. Caí de quatro. E sonhei com os dias passando. Fui arrastando comigo esse sonho. Dia após dia. Faz um ano. Até agora.

Foi onde martelei meus planos. Nas costas dele.

Peguei pela mão e tomei pra mim.

Às vezes demora chegar. A vida. Pelo menos por aqui, levou tempo. Mas chega. E quando chega, fica vezes três. Foi assim comigo. E com ele. Com nós dois. Juntos.

Foi assim: tal dia, de tal semana, de tal mês, daqueles dias todos, ele olhou. E me viu. E foi assim mesmo. Foi crescendo. Os dias que viraram semana e depois ano, tudo foi crescendo junto. Nas tardes progressivas. Como tudo quanto é coisa que progredia dentro da gente. Tudo mesmo.

Foi a vida nova que veio. Tudo fora de ordem. Tudo tumultuado. Uma certa pressa do futuro que vinha. Pra limpar o passado carimbado.

Se foi fácil? Não. Não foi.

Se piorou? Não, não tinha como... só por hoje.

HEROÍNA

Trabalho dobrado, isso sim.

Agora chega o feriado e eu fico cansada só de pensar na canseira que essa bendita palavra me dá.

Ninguém tinha me falado que depois que a gente tem filho, viajar vira uma epopeia. É muita tralha que um bebê arrasta pra onde quer que ele vá.

Arrumar as malas deixa de ser simplesmente jogar dois biquínis, uma calcinha velha e uma canga dentro da mochila, significa arrumar a mudança. O carreto. A van. O trailler.

A mochila de uma criança é a casa empacotada.

Agora feriado é isto: sinônimo de desespero.

Não tem choro.

Nem adianta arrumar tudo rapidinho. Se não levar o arsenal completo, o peso de mãe-relapsa despenca sobre as costas. A regra é simples: não dá pra esquecer nada.

1. Na praia não tem legumes frescos.
2. Fralda custa uma fortuna.
3. Banana, só verde.
4. Hipoglós, só se der sorte.

Às vezes, ficar em casa é a salvação.

Fui me dar conta disso no primeiro feriado que resolvi ir pra praia.

Não estou exagerando.

Lembro que não sentei um segundo na areia.

Tomar sol é privilégio de gente sem filho.

Minha missão foi ficar engatinhando atrás do moleque, que comia areia que nem biscoito.

Tem um ímã que fica puxando a criança em direção ao mar, nunca vi.

É aquela moça. A tal da Yemanjá.

Meu marido diz que sou um Exu porque vivo reclamando que estou exausta-fatigada-podre e acabada. Mas não é ele que pega no batente um dia antes de viajar e que, quando chega segunda, ainda está desarrumando malas.

Sou eu quem faz o trabalho sujo.

Pelo menos é assim pra quem não tem babá, que hoje em dia é artigo de luxo: ou eu ponho gasolina no carro ou pago uma baby-sitter pra empurrar o carrinho e vou em cima dele tomando mamadeira com o bebê.

Minha escolha foi simples: eu não tive escolha.

E, nesse caso, o trabalho grosso sobra pra mãe. Não tem avó madrinha amiga sogra pai, porra nenhuma. Inclusive, o pai é só um coadjuvante na saga da maternidade. Ele e o saco. Porque sem o saco pendurado do danado, nada disso seria possível. Mas não são poucas as vezes que tenho um desejo profundo de cortar o saco do dito cujo fora. Acho que é por isso que dizem que casamento tem prazo de validade. Toda mãe que trabalha que nem mula, que nem eu, está sempre a um fio de mandar tudo a putaqueopariu. Veio daí a expressão "tô de saco cheio". Certeza.

A arrumação da mudança começa um dia antes.

Não dá pra arrumar nada em cima da hora.

Em cima da hora não existe.

Sair rapidinho, muito menos. Acabou a vida lôca.

Tudo tem que ser pensado. Em cima da hora é o tempo exato de uma desavença das grandes: sair e esquecer o fogo ligado, a mamadeira esterilizando, a roupa embolorando na máquina e a porta da casa destrancada. E a culpa é sempre do marido, que fica apressando a gente porque pensa que fralda brota na bolsa. Isso dá separação. Vai por mim.

Era meio da tarde do dia anterior à viagem quando decidi começar a empreitada: parti pra cozinha, toda descabelada, pra descascar uns leguminosos sem graça e colocar a gororoba pra ferver. Famoso estoque de papinha. Não dá pra chegar na praia e encostar o umbigo no forno já de cara. Taí uma situação que me deixa emburrecida.

Não nasci pra ser mula.

Embora hoje, eu seja uma. E uma mula brava.

Enquanto a panela fervia, fui ajeitando do jeito que dava a mala do moleque: entre pausas de choro (fralda suja), palminhas de parabéns (fralda imunda), música da galinha (fralda supersuja) lanche da tarde e cabeçada no móvel. Tudo nessa ordem. Depois veio a mamada medicinal de quarenta minutos pra curar o galo da cabeça, seguida de um vômito cabuloso que adiantou a etapa do banho, que só seria de noite. Achei que tinha agilizado o processo. Puro engano. Realiza que um simples ato de arrumar mala, que demoraria uns quarenta minutos sem as interrupções inesperadas, passa a durar um dia inteiro.

Claro que eu continuaria toda vomitada até dez da noite.

E isso é só um detalhe.

Coloquei peças de roupas pra todas as estações possíveis dentro da mochila porque a probabilidade de chover, fazer sol e um fim de tarde invernal assolar a madrugada era grande.

Não dá pra sair pra comprar moletom porque eu tive a audácia de deduzir que não haveria frio.

Eu não tenho bola de cristal. Faz só uns meses que aceitei isso.

Adicionei toalha roupão sunga chapéu-de-sol fralda de piscina fralda para o dia fralda da naninha fralda de pano e cobertor antialérgico – porque bolor de praia é foda; melhor cobertor do que bronquite. Vitamina do dia vitamina da noite protetor solar kids – que-faz-uma-camada-densa que mais parece massa corrida –, repelente-de-mosquito-para-peles-sensíveis, repelente-de-mosquito-para-peles-cascudas, repelente-de-parede-para-um-sono-sem-zumbido e xampu-chega-de-lágrimas. Talco hidratante chupeta lenço umedecido Hipoglós óleo de bebê termômetro antitérmico antialérgico. Tem de tudo.

Realiza que a mala do moleque equivale a uma mala de viagem pra passar um mês na Indonesia.

Sentei em cima pra fechar o zíper.

Primeira etapa concluída.

Eram sete da noite, quando meu marido chegou e eu pensei inocente que ele vinha somar.

Puro engano.

Ele veio ser o segundo filho.

– Amor, o que a gente vai jantar?

Putaqueopariu, vou surtar. É esse o pensamento.

Respira uma. Duas. Três vezes.

– Pão com queijo e Coca-Cola.

Silêncio.

Acho que ele entendeu o recado.

Parti pra cozinha de novo e foi aí que me lembrei dos legumes assando na panela, que, àquela altura, já tinham virado um carvão. A casa impregnada de fumaça. Comecei a descascar legumes, de novo, enquanto colocava o maldito pão com queijo na tostadeira.

Muda descabelada vomitada de calcinha top e chinelo havaiana.

É a visão do inferno.

A essa altura o tesão é ilustrativo.

Não existe sensualidade na maternidade.

O peito perde totalmente a conotação sexual: está sempre pingando leite sempre protegido por algodão e sempre chupado.

É o cão.

Daí, sentei pra comer o sanduíche meia-boca com um copo de água morna com açúcar, pra acalmar, o moleque se pendurando e gritando na minha perna, o marido me contando animado do dia superagitado e dos mil acontecimentos que movimentam o mundo e aquela angústia que fica entalada na garganta junto com o queijo, porque você lembra que existe vida além dos muros da sua casa.

Existe cafezinho na padaria.

Bate-papo na porta do grupo.

Existe a fashion week acontecendo, enquanto você usa o mesmo sutiã enfadonho de amamentação faz mais de um ano.

Pra não quebrar os pratos na parede, lavei eles três vezes pra dar tempo de respirar fundo antes de cometer um assassinato. Daí, tirei a panela do fogo, bati no liquidificador a gosma, coloquei nos potinhos coloridos e enfiei na geladeira, que quase ficou sem porta depois da porrada mal pensada na hora de fechar a geringonça.

Segui para o quarto com o moleque, que se estabacava pela casa inteira, pendurado no que restou do meu cabelo, e aproveitei para colher a dezena de brinquedos espalhados pela sala e cozinha. Entro no quarto parecendo um camelô ambulante, despejo a criança na cama e os brinquedos no chão, e vou colocar ele no berço. Isso já são nove da noite e eu continuo com o vômito da tarde enrolado no cabelo. Enquanto o moleque suga toda a vitamina que me resta, o maridão toma um banho fumegante e canta música sertaneja a altos brados.

Escorre aquela lágrima no canto do olho que já nem sei o que significa.

Se é alegria ou tristeza.

Cansaço ou cegueira.

Depressão ou xampu no olho.

Tanto faz.

Ponho o imundo no berço e chega a premiada hora do banho, de tirar a casca grossa, de relaxar os nervos. São quase dez da noite e quando tiro os trapos a calcinha nojenta o algodão da teta, o bendito cônjuge entra banheiro adentro com o pinto em riste pronto para a foda da noite, e eu nem tive como argumentar a minha falta de disposição para a troca de fluídos. Troquei um corpo a corpo do jeito que deu.

Depois do coito do banho de raspar o sovaco e de chorar um pouco, fui arrumar minha mala.

E a dele.

– Amor, leva a bermuda jeans? A sunga? Tem meia na minha gaveta? Não esquece do barbeador. O tênis de corrida. A batata Pringles. Meu carregador.

O caralho a quatro.

É impressão minha ou ser mulher e ser mãe deveriam ser tarefas diferentes?

Mas não são.

Quinze minutos pra arrumar minha mala e as tralhas dele.

Canga shorts casaco calcinha camiseta pijama. Protetor-solar iPad gilete xampu vitamina hidratante silicone para pontas duplas.

Carregador do iPhone. Do iPad – isto sim era importante: minha comunicação com o mundo. E o tablet pra tocar galinha pintadinha.

Sem os carregadores eu era capaz de definhar.

Já eram mais de onze horas da noite, quando deitei a cabeça na cama. Morta de cansaço.

O sujeito, claro, babando no travesseiro.

Aquele "boa noite amor" ficou no período da gestação.

Coloquei o despertador pra cinco e meia da manhã, pra arrumar o isopor da criança.

Dormi assistindo *Chapolin Colorado. Tom & Jerry. Looney Tunes.*

Acordei pronta pro combate.

Primeiro: colocar o carrinho do bebê no carro.

Sem o carrinho não sou nada.

E como meu carro não é uma van, no porta-malas cabe o carrinho e mais nada.

No banco de trás vai o resto:

o saco de brinquedos

o berço

as malas

o cadeirão

o cobertor

No porta-luvas:

a maldita Pringles

óculos escuros

Novalgina Tilenol Lactopurga Eparema.

Voltei pra cozinha e arrumei o isopor do danado.

Papinhas, banana, laranja-lima, melancia, Danoninho, gelatina, leite integral, biscoito de maisena, biscoito de polvilho, mamadeiras, colher de silicone, babador, batata, cenoura, mandioquinha.

Puta merda, é impressionante como o moleque arrasta coisa.

Quase seis da manhã.

Não dá pra pegar o trânsito encalacrado.

Com filho, a gente vai contra o fluxo.

Carreguei o guri no colo, acordei o meu respectivo sonâmbulo, tranquei a porta da casa e fechei os olhos, tentando lembrar de alguma coisa esquecida. Esperei uns minutos para ver se vinha aquela sensação de vazio. Nada. Acho que estava tudo certo.

Abri o portão.

O moleque ronronando.

O pai babando.

E eu, claro, dirigindo o carreto.

Parece que o meu amor estava muito cansado pra pegar no volante e enfrentar a serra.

Mas uma mãe jamais fica cansada.

Nunca pega resfriado.

Jamais perde a hora.

Mães são super-heróis que usam saia.

Parti pro litoral convencida de que tinha feito um belo trabalho.

Foi só lá que me dei conta.

Na maldita
correria
eu tinha
sem-querer
esquecido
de colocar
na minha humilde mochila
um maldito
par de biquíni.

LIÇÃO DE CASA

Se concentra aí e manda vê, filhote.

Só tira o rabo dessa cadeira giratória, que não gira sobre as rodinhas inexistentes, quando tiver acabado essa churumela de dever de casa. Essas listas infinitas de matérias que você não lembra. Os resumos dos livros que você não leu nem nunca vai ler. Inventa qualquer merda mas escreve, enche essas linhas de sílabas desconexas, pode colocar consoante e acento que não existe, eu não quero saber. Não sou eu que corrijo essa palhaçada.

Leu, é? Mentira gorda.

E aquele que te emprestei no ano passado, que parece loucura de ácido, que tem os naipes e tem a bebida púrpura que faz nego sentir gosto de morango na ponta do cotovelo, aquele que me me fez tatuar o carteado todo nos dedos e eu nem jogo carta, nem gosto de pôquer, canastra, paciência, 21.

Leu porra nenhuma, leu?

O livro, aquele livro.

"Que livro?"

O meu. Que eu amo e que nunca emprestava porque dá nessa filhadaputice de não devolverem.

"Cê me emprestou?"

Emprestei.

"Quando? Não foi pra mim."

Faz uma cara de que leu por favor, te emprestei outro dia. Não me mata de raiva.

"Foi é?"

É. Leu?

"Não."

Na boa, procura no meio dos teus lixos e me devolve.

"O quê?"

O livro, porra.

E ficou por isso mesmo. Ô conversa que não dá em nada de gente que esqueceu o passado, que flutua no presente e não dá a mínima pro futuro. Gente promissora.

Ok, chega de papo.

Dirige a joça da sua mente vazia pra essa lição pentelha, que vale metade da sua nota, que vai fazer você passar de ano esse ano pelo amor de Deus! Sem brincadeira, quantas oitavas séries você tá pretendendo fazer colega, uma dúzia?

Daqui a pouco só vai dar você barbado grisalho pançudo bêbado e zoado no meio da turma, olha a situação. E não pensa que dá pra escrever em código, investe em sílabas legíveis, esse garrancho indecifrável que cê chama de letra nem com decodificador, parece braile.

É, estudar, meu filho.

Todo mundo na puta dessa vida passa por esse massacre, não pensa que você foi selecionado por Deus. Eu também fui Charles Manson foi Adolf Hitler também, todo mundo.

De novo essa cara de panda sorridente assistindo partida de ping-pong? Isso não presta, olha o foco mermão, foca nessa zica que funciona, vai por mim, se eu consegui você consegue.

Até com meu comportamento instável de quinta categoria, até assim. Você pode, vai, pega gosto que daqui uns anos você passa impune pelo indigesto vestibular, vai fazer a bagaça de olhos fechados.

E depois vai usar a porcaria do diploma pra limpar vômito de ressaca.

Eu sei, arte.

Arte você gosta, pintar o estojo depois raspar com estilete. Teu lado artístico predomina, mas a lição de casa não vai assassinar o artista que tem dentro de você, amigo. Se é que existe mesmo alguma coisa dentro desse oco. Foda-se.

É isso. Vai fazendo. Tira onda mesmo, de repente você é um gênio e nem sabe. O que fode é o prazo, maldita escola, imprestáveis professores mal comidos defecando deadlines na tua cabeça, tem que entregar no dia senão não adianta, daqui um mês teu professor cagou e andou se você fez ou não.

Acostuma que a vida tem prazo, tudo tem prazo, conta tem prazo, comida tem prazo casamento tem prazo, até minha paciência tem.

E olha pra mim, quer isso pra você? Fazer parte da escória de bebuns e cafungueiros do caraio, que vivem desempregados, mal pagos, mal vistos? Nem fudendo, né? Nem se eu fosse um outro eu, certeza absoluta de que o sósia seria dez vezes pior que minha lapidada versão original. Toma como exemplo minha falta de exemplo em tudo, cínica cética hipócrita ácida e seletiva até não dar mais pra ver.

Nem cheirando toda cocaína da Colômbia e do Largo 13.

Nem se eu tomasse algum tarja preta pré-tratamento de encosto, coisa de última geração a quatrocentos paus a caixa com treze comprimidos.

Eu sei, tudo síndrome com nome moderninho cheio de siglas, transtorno de alguma coisa catastrófica. E as deliciosas Ritalinas miraculosas que você toma pra não esquecer de limpar a bunda depois que cagar, funciona? Porra nenhuma né.

O que te falta é vergonha na cara.

Pra vida inteira uma vírgula, tua mãe não vai ter orçamento pra comprar remedinho a vida inteira, já tá devendo as calças no banco por conta desse teu desvio, já ajudaria muito você parar de entupir esse pulmão virgem com cannabis vencida. Tostando pêlo de macaco na varanda do quarto dela, cheiro de cabelo queimado com peido de velha, as pontas espalhadas no vaso de orquídea premiada que ela rega todo dia, faz favor, usa o cérebro atrofiado pelo menos pra não deixar pála.

Eu sei, tua mãe devia ter escolhido alguém menos transtornado da cabeça pra te ajudar a estudar, mas parece que ela tirou o cu da reta, cansou, cansou mesmo.

O que não dá é pra você escorar teu futuro na profissão de artista poeta vagabundo assumido. "Quem foi ele? Ah, o inventor do ócio meditativo, puta meditação descolada, baseada numa alimentação extremamente valiosa de junky food, o cara é pica."

Vai ser este teu legado?!

Os iogues os vegans os comedores de pasto vão te queimar numa fogueira.

Não adianta remexer esse quadril impaciente. Parece que foi arrematado por uma crise de hemorroida aguda repentina, comigo não cola.

Então tá. A gente já fez a troca de olhares de inimigos, você já me perfurou com seu olhar japonês número 47, conseguimos quebrar o silêncio que já tava cheirando podre. Agora começa a preencher essa linguiça, expurga o demônio aí de dentro, ignora esse vazio mental, esse oco nuclear, esse vácuo compacto e bota prá fudê. Esguicha sua sabedoria na folha.

Cadê sua agenda.

"Que agenda?"

A agenda de anotar o que seu cérebro não guarda.

"Não tenho agenda."

Ah.

Parece óbvio que temos um problema aí. Um aluno sem agenda, é como um chiqueiro sem porco. Claramente temos um problema aí, coleguinha. Como é possível você não se importar com seus compromissos!? Isso me parece mais um dos seus problemas. Não se tratam dos "meus" problemas, são "seus" problemas, mas que agora viraram "meus problemas", isso sim é problema.

Eu compro. Te dou. Você anota. E ancora seu cérebro.

Cê só fala, menino. Mas fazer que é bom, não faz nada.

Orgulho da tia.

Toma rumo e trabaia, vai. Pra conseguir o pão de todo dia. E o pó. E as putas.

Tá. Já falei. Foi só um desabafo.

Vai te catá, moleque. Puta pivete forgado du caraio. Se eu to dizendo que dá é porque dá, não questiona quem nasceu antes.

E faz favor, não chama a tia de "truta", não se refere à santa tarefa de casa como "bagulho", me dá flashback.

Tá, tô calando a boca.

Seu miserento.

MINHA CAMA

É o cheiro dela que me acolhe. Sempre cheia de pelos, umas pulgas que já são nativas. Não é um mau cheiro, é um cheirar constante. Existem fragrâncias emaranhadas nos lençóis da gente. Sexo sono remela pesadelo e travesseiro sujo.

Camas não são simplesmente lugares em que se dorme. São bolhas atmosféricas cheias de segredos. Portas de armários com gavetas de fundos falsos, cabides que seguram nossas fantasias. Camas que nos cabem, barcos piratas que vagam sem direção, fora de todas as leis e acima de todas as regras, dentro de qualquer sonho possível. A minha, às vezes, vira um campo de futebol sem juiz, sem gol, sem linha. É o jogo da fantasia que, de muitos, é o lugar favorito no mundo todo. Portas fechadas, sono cerrado. A maneira mais bonita de se excluir o mundo e viver dentro da sua cabeça enquanto você está na sua cama. Onde você quer ficar pra sempre e não falar com absolutamente ninguém.

Com roupas no chão a gente pode lidar, sempre espalhadas. Meu quarto fica confuso quando salpico roupas pela cama na intenção desesperançada de arrumá-las depois. É simplesmente necessário organizá-las para que eu possa dormir. Regras. É assim que funciona nas noites em que eu não tenho tanto sono.

Foda mesmo é classificar toda a zona: livros e calcinha suja, roupa suada ou imunda, controle remoto e a preguiça do caralho. Realiza. Mas nada se compara ao meu espaço, minhas bitucas espalhadas no cinzeiro, a porta do armário que não se fecha.

Tem aqueles dias filhos da puta que gostoso mesmo é chutar tudo pro chão. Que-se-foda. Eu sou a xerife da putaria do meu desorganizado loft que não existe. Toda essa porqueiragem que dá o glamour à minha irrevogável e insubstituível cama. Do tamanho de Cuba junto com sua dura ditadura. Quem entra não sai mais. É o pedaço que me cabe, justo e compacto. Ironicamente só em minha cama lembro dos meus sonhos, em nenhuma outra mais, quente o suficiente para esfriar meus pés nas pontas, discretos e feios.

Este livro foi composto em Fairfield LH e impresso pela RR Donnelley
para a Editora Planeta do Brasil em fevereiro de 2016.